Le Jouet du prédateur

Sascha Buzmann

Le Jouet du prédateur

Traduit de l'allemand par Penny Lewis

ÉDITIONS
FRANCE
LOISIRS

Titre original : *Schockgefroren*
Publié par Bastei Lübbe, Cologne, 2013

Édition du Club France Loisirs,
avec l'autorisation des Éditions L'Archipel

Éditions France Loisirs,
123 boulevard de Grenelle, Paris
www.franceloisirs.com

ISBN : 978-2-298-08868-7

C'est un monde dangereux,
et je n'y étais pas préparé.

Quand je marche dans la vallée de l'ombre
de la mort, je ne crains aucun mal,

car tu es avec moi : ta houlette
et ton bâton me rassurent.

Livre des Psaumes, psaume 23

1

L'ENLÈVEMENT

Plus tard, on lira dans la presse qu'il neige à gros flocons, en ce 9 janvier 1986. Ce qui n'est, pour les adultes, qu'une simple tempête de neige, constitue, pour moi, du haut de mes neuf ans, un spectacle féerique. Des flocons gros comme mon poing tombent du ciel. Ils me recouvrent tout entier, ainsi que la rue, les arbres, les maisons et le monde qui m'entoure. Je viens de descendre du bus. Deux cents mètres à peine séparent l'arrêt du domicile de mes parents. Je commence à marcher, tout en me disant que, dans quelques instants, les empreintes de mes pas auront disparu, recouvertes par cette neige qui efface toutes les traces, atténue tous les sons et transforme la ville en paysage de conte de fées.

Et si je construisais un bonhomme de neige ? Ça, ça restera.

Je m'agenouille par terre et ramasse de quoi former une grosse boule de neige. Mon bonhomme sera aussi grand que moi, non, plus grand, au moins deux fois ma taille ! Je mesure un mètre trente-trois, et je me demande comment je vais me débrouiller pour construire un bonhomme de deux mètres soixante-six. À l'aide d'une chaise, peut-être. Oui, je pourrais aller en chercher une et grimper dessus. Absorbé par mon jeu, je suis dans un autre monde, innocent et enfantin. Je pense à la carotte qui tiendra lieu de nez et aux deux morceaux de charbon que mon bonhomme aura en guise d'yeux. Sans oublier son chapeau. Évidemment, qu'il lui faut un chapeau. Et il aura un balai à la main, c'est obligé. Je pense à ma sœur, à la joie qu'elle éprouvera à son retour, à celle de mes parents et des voisins, lorsqu'ils sortiront et seront salués par mon bonhomme. Il me faudrait encore deux grosses boules de neige...

Je ne vois pas l'inconnu approcher. Je ne l'entends pas non plus, à cause de la neige qui étouffe le bruit de ses pas. Il m'agrippe brutalement et passe le bras autour de mon cou. Il m'étrangle, je lutte pour respirer. Puis il prononce quelques mots que je ne comprends pas, tout en me traînant comme un sac à patates. J'agite les jambes, je me débats, mais il est plus fort, beaucoup plus fort que moi. De la neige se glisse sous mon anorak, tandis que l'homme me traîne jusque dans les fourrés situés tout près de mon immeuble. Il me plaque au sol et se couche sur moi. Il a une haleine pestilentielle, son visage est à quelques centimètres du mien, tordu en une affreuse grimace. Il tente de m'embrasser. Je me débats de plus belle, je le frappe, mais il m'écrase de tout son poids, comme s'il cherchait à m'étouffer. Je ne peux plus respirer. J'ouvre la bouche pour crier, mais il en profite pour m'embrasser de force. Ma gorge ne produit rien de plus qu'un gémissement.

Personne ne peut m'entendre. Personne ne peut nous voir. La neige tombe dru, en cette belle soirée d'hiver, les adultes sont calfeutrés chez eux, mes parents aussi, à moins de vingt mètres de là. Un mur, des fourrés et un inconnu m'en séparent.

La panique m'envahit, à l'idée que cet homme me tue. Il me prend le bras et me soulève. Mes jambes se dérobent sous moi, je trébuche. L'inconnu accélère le pas. Mon bras est comme prisonnier d'un étau. Terrifié, je tourne la tête et j'aperçois la fenêtre éclairée de notre cuisine, où la silhouette de mon père se détache en ombre chinoise. Je veux crier, attirer son attention.

— Pas un mot, ou tu es mort, lâche l'homme.

Le cri meurt dans ma gorge. À présent, nous sommes à trente mètres de l'immeuble. À quarante mètres. Cinquante. Bientôt cent mètres. Au loin, la terre et le ciel, pris dans le blizzard, se confondent en une masse indistincte. Devant nous, un champ enneigé s'étend à perte de vue. L'homme m'emmène dans cette direction en me traînant comme une poupée de chiffon.

L'enlèvement s'est déroulé en moins de cinq minutes et marque le début d'un calvaire qui durera quatre-vingt-six jours. C'est la seule fois dans l'histoire criminelle de l'Allemagne qu'un enfant sera séquestré aussi longtemps par un pédophile. Et ce calvaire ne prend pas fin à ma libération. Il continue aujourd'hui encore, même si, avec le temps, j'ai oublié beaucoup de choses.

Non, c'est faux. Je n'ai rien oublié. Je devrais plutôt dire : ce calvaire continue aujourd'hui encore, mais j'ai pris soin de refouler mes souvenirs le plus longtemps possible.

Vingt-cinq ans plus tard, quelqu'un sonne à l'interphone. Nous sommes encore au mois de janvier. L'hiver 2010, marqué par des températures et des chutes de neige record, restera dans les mémoires. Certains parlent déjà d'« hiver du siècle ». Heureusement, je suis au chaud dans mon deux-pièces bien douillet avec vue sur le massif du Taunus. Derrière les montagnes se trouvent les villes de Wiesbaden et Mayence, et, à moins de dix kilomètres, le lieu de ma séquestration. Mais je n'y pense pas. Je n'y pense quasiment jamais. Et quand cela m'arrive, je m'efforce très vite de passer à autre chose. Par exemple, en ce moment, je réfléchis au poste qu'on vient de me proposer. Depuis quelque temps déjà, je suis serveur dans des établissements de luxe, et j'ai sous les yeux un contrat de travail pour un poste dans un hôtel-restaurant situé à Kaprun, une station de sports d'hiver autrichienne. J'hésite à accepter. Certes, le salaire est bon, en tout cas, bien meilleur que ce que je pourrais espérer dans un établissement similaire en Allemagne, mais il faudra travailler dur. C'est un métier exigeant : on est au service de ceux qui profitent de leurs vacances. De plus, il y aura encore plus de neige qu'ici, et, à vrai dire, je ne suis pas un grand fan de poudreuse. Alors, partira ? Partira pas ? Impossible de me décider. Soit je tire à pile ou face, soit je prends encore quelques jours pour réfléchir. Je choisis souvent la deuxième option. J'ai tendance à tergiverser, je me décide rarement sur un coup de tête. J'en suis là de mes réflexions lorsqu'on sonne à l'interphone. Je jette un coup d'œil à ma montre. À 9 h 20, je ne m'attends pas à recevoir la visite d'un ami. Et, à ma connaissance, ni mes parents, ni mon frère, ni l'une de mes trois sœurs n'a prévu de passer. C'est sans doute le facteur qui vient me livrer un colis, même si je n'ai pas souvenir d'avoir commandé quoi que ce soit. Je me dirige vers l'interphone.

— Oui ?

— Vous êtes bien Sascha Buzmann ? répond une voix d'homme déformée par le haut-parleur.

— Oui. Mon nom figure sur l'interphone. Évidemment, que je suis Sascha Buzmann.

— Je suis journaliste.

L'homme cite le nom d'un magazine très connu.

— Je voudrais vous parler de l'enlèvement.

J'en ai le souffle coupé. Je m'attendais à tout, sauf à ça. Hors de question, me dis-je immédiatement. Je ne parlerai pas de l'enlèvement avec le premier venu. D'ailleurs, je n'en parle jamais à personne. J'ignore tout de l'enlèvement, je ne m'en souviens pas, je ne veux pas m'en souvenir, laissez-moi tranquille !

Je reste figé plusieurs secondes devant l'interphone, puis je me retourne et balaye mon appartement du regard. C'est mon refuge, mon cocon. Toutes les personnes qui viennent me voir le trouvent bien aménagé, malgré le peu de moyens dont je dispose. Il est propre. Trop propre, même, pour certains. C'est normal, je suis maniaque. Dès que je vois une tache, je prends une éponge et je nettoie. Si la tache résiste, je frotte jusqu'à ce qu'elle disparaisse. Je ne supporte pas la saleté. Parce que autrefois, c'était tellement sale, cet homme était tellement sale, j'étais tellement sale...

— Monsieur Buzmann ? Vous êtes toujours là ?

Je sursaute. L'espace d'un instant, j'ai cru revoir la caravane qui a été ma prison durant quatre-vingt-six jours. La caravane de mon ravisseur.

— Monsieur Buzmann ?

Je ne réponds pas. L'importun finira bien par s'en aller. Il m'a assez perturbé pour aujourd'hui. Après m'être difficilement reconstruit, je tiens à distance tout ce qui pourrait nuire à mon équilibre. Je préfère ne pas répondre. Mais j'entends une petite voix qui n'est pas de cet avis. Cela fait vingt-cinq ans, dit-elle, un quart de siècle. Le moment est peut-être venu d'affronter tes démons.

Non ! Je m'y refuse ! Je vais me rasseoir, signer le contrat de travail de l'hôtel autrichien, plier bagage et partir sur-le-champ. Je ne vais même pas attendre, je vais commencer avec un peu d'avance, quitte à travailler gratuitement. Là-bas, personne ne sonnera à ma porte, là-bas, personne ne voudra me parler d'un événement qui, même s'il s'est produit il y a très longtemps, continue à me tourmenter.

Mais c'est tout le contraire qui se produit. Je me retourne et j'approche de l'interphone. Je ne sais pas combien de minutes se sont écoulées. Peut-être que le journaliste est déjà reparti. Je ne lui en tiendrais pas rigueur.

— Vous êtes toujours là ?

J'ai la voix enrouée, comme si je souffrais d'une angine carabinée.

— Oui, répond le journaliste. Est-ce que je peux monter ?

— Non. Laissez votre carte de visite dans ma boîte aux lettres, et je vous rappellerai.

Plus tard, je contemple longuement mon contrat, toujours posé sur la table. Je joue avec un stylo bille, mais je ne signe pas. Je ne descends pas non plus prendre la carte de visite dans ma boîte aux lettres. Il m'arrive souvent de rester des heures assis à rêvasser. J'allume une cigarette, et lorsque j'ai quasiment fini de la fumer, j'en allume une deuxième. Le soir, le paquet est vide. Je me lève pour ouvrir la fenêtre. Dans la cuisine, je passe un coup d'éponge sur la table. Après avoir jeté les mégots, je prends la clé de la boîte aux lettres et descends au rez-de-chaussée. Chaque marche est une épreuve. Entre les factures et les prospectus, je trouve la carte de visite, sur laquelle figurent le logo du magazine, un nom et un numéro de téléphone. Au dos, l'homme a griffonné quelques mots : « Merci de me rappeler. »

Non, c'est hors de question.

J'en ai déjà trop fait.

Ma main soulève tout de même le combiné du téléphone. Spontanément, sans que je l'y aie autorisée. Mes doigts composent le numéro, là encore, malgré moi. Comme si mon cerveau s'était éteint, après avoir veillé toutes ces années à ce que mon passé ne revienne pas me hanter. Lorsque je me suis levé ce matin, rien ne laissait présager un tel bouleversement. Mais c'est comme ça. À partir d'aujourd'hui, plus rien ne sera comme avant.

Le journaliste décroche.

— Sascha Buzmann à l'appareil. Vous souhaitez toujours me parler ?

Pris de court, il ne répond pas tout de suite.

— Je suis content que vous ayez changé d'avis, dit-il après un silence pesant.

Ai-je changé d'avis ? Pas sûr. J'ai simplement franchi la première étape qui me sortira de mon isolement et me confrontera au passé. Si j'avais su combien me souvenir serait douloureux, je n'aurais peut-être pas rappelé. Pour l'instant, j'ignore tout de ce qui m'attend. Comme, vingt-cinq années auparavant, j'ignorais tout du monde malsain des adultes.

Il va t'emmener au lac et te noyer !

Ces mots se bousculent dans ma tête.

En pleine tempête de neige, je me repère difficilement. Le golf et le petit lac doivent se trouver à quelques centaines de mètres. L'homme va m'entraîner là-bas, me pousser à l'eau et maintenir ma tête immergée jusqu'à ce que mes bras et mes jambes arrêtent de gigoter, jusqu'à ce que je me tienne tranquille. Je suis persuadé qu'il va me punir pour avoir protesté.

— Je suis un garçon ! Je ne suis pas une fille, je suis un garçon !

C'est ce que j'ai dit dans les fourrés, lorsqu'il a tenté de plaquer ses lèvres sur les miennes. Lorsqu'il a tenté de m'embrasser. À ce moment-là, je me rappelle avoir déjà vu cet homme dans le bus, sur la ligne 25, quelques minutes auparavant. Il me regarde. Peut-être qu'il observe également Katrin, qui, obéissant à la consigne de ma sœur Jenny, s'assied à côté de moi. Nous avons passé l'après-midi au Roll On, une piste de patin à roulettes de Wiesbaden. C'est là que se retrouvent les amateurs de hip-hop et de breakdance, ainsi que les graffeurs.

Les enfants peuvent aussi venir s'amuser. Plus rien ne m'arrête, une fois que j'ai chaussé mes patins, aussi la mission de Jenny est-elle de me surveiller. Bien que, à seize ans, elle ait d'autres choses en tête, elle prend son rôle très au sérieux. Mais elle a le droit de rester plus longtemps, alors que moi, je dois rentrer. Dommage, car l'ambiance bat son plein. Jenny s'est mise d'accord avec nos parents : elle veillera à ce que je m'asseye dans le bus à côté de son amie Katrin. Ce n'est pas une première. Je sais que Katrin descendra cinq arrêts avant moi. En montant, nous remarquons un homme à l'allure négligée. Je repense alors aux marginaux que nous avons croisés à la gare de Wiesbaden, lors d'une sortie scolaire. Il a une barbe hirsute, et ses cheveux tombent en longues mèches graisseuses. Katrin et moi allons nous asseoir à quelques mètres de lui.

— T'as vu sa dégaine ? chuchote Katrin.

Puis nous changeons de sujet. Katrin me demande ce que j'ai eu à Noël, et je suis tout fier d'énumérer mes cadeaux.

— Des figurines Maîtres de l'Univers, Musclor et Skeletor, et même le château !

Katrin rit. Je l'aime bien, elle est toujours de bonne humeur.

— Je ne sais pas si tu as remarqué, mais un des types de la patinoire ressemblait à Musclor.

Nous discutons de la date à laquelle nous retournerons au Roll On. J'apprends à exécuter des sauts, à patiner en arrière, et je veux encore progresser. Avec le doigt, je dessine un Musclor chaussé de patins à roulettes sur la vitre embuée. Les flocons de neige virevoltent au-dehors.

—Il devrait arrêter de neiger cette nuit, dit Katrin. Ah, c'est mon arrêt. Rentre bien, Sascha.

Katrin se lève, et une bonne dizaine de personnes descendent en même temps qu'elle. Lorsque je me retourne, l'homme à la grosse barbe est toujours là. Il me regarde fixement, mais je n'y prête pas attention, trop préoccupé que je suis par le menu du soir. Je rentre toujours de la patinoire avec une faim de loup. Plongé dans mes pensées, je remarque à peine les arrêts suivants. Puis vient le mien. Comme d'habitude, je descends par la porte avant. Du coin de l'œil, je remarque que le marginal emprunte la sortie centrale.

Les flocons de neige dansent devant l'enseigne lumineuse du supermarché. Je dois encore le longer, puis traverser l'aire de jeux. Mon immeuble n'est plus qu'à quelques pas. Mais j'éprouve un étrange malaise. Comme si j'étais… Comme si quelque chose me… Non, je n'arrive pas à le formuler. Troublé, je me retourne. L'homme à la grosse barbe m'imite. Les portes du bus se referment, et le véhicule s'éloigne. Les autres passagers descendus au même arrêt m'ont devancé ou ont pris la direction opposée. Par ce temps, tout le monde a hâte de rentrer chez soi. Seuls l'inconnu et moi marquons une halte. Je me penche, ramasse de quoi confectionner une boule de neige et la lance en l'air, le plus haut possible. Pendant quelques instants, j'oublie le marginal. A-t-on déjà lancé une boule de neige si haut dans le ciel qu'elle n'est jamais retombée ? Tout en poursuivant mon chemin, je forme une deuxième boule que je lance de toutes mes forces. Puis une troisième, et une quatrième. Lorsque j'atteins l'aire de jeux, l'inconnu m'est complètement sorti de la tête. La petite place est éclairée par des lampadaires disposés en cercle. Lorsque je m'en approche, je remarque une ombre qui bouge très lentement. J'ai à nouveau une étrange impression. Soudain, une voix résonne dans ma tête. C'est celle de Thorsten, mon meilleur ami. Il me dit : « Il te tient ! » Je me retourne brusquement. L'ombre a disparu.

J'entends la voix de Thorsten répéter : « Il te tient ! », comme s'il était juste à côté de moi. Il a employé cette expression pour la première fois il y a six mois.

Il fait beau et chaud, c'est l'été, et Thorsten, sa sœur et moi traînons au milieu des griottiers, non loin de chez nous. Nous avons bien envie d'engloutir toutes les cerises.

— Regarde ! s'écrie soudain Thorsten.

À quelques pas de là, une charogne. La décomposition est tellement avancée que nous ne pouvons pas dire de quel animal il s'agit. Peut-être un gros rat, une belette, un loir ou l'un des petits renards qui viennent fouiner dans nos poubelles. Son pelage grouille d'asticots, ses yeux vitreux fixent le vide. À notre arrivée, un essaim de mouches se disperse.

— C'est dégoûtant ! crie la sœur de Thorsten.

Elle se détourne. Mus par la curiosité, Thorsten et moi approchons encore d'un pas. Soudain, mon ami lève le pied et écrase la charogne, qui éclate. Des viscères sont projetés tout autour, une odeur pestilentielle se dégage. C'est insupportable, j'ai le cœur au bord des lèvres.

— Il te tient ! lance Thorsten.

Je prends peur.

— De quoi tu parles ? Qu'est-ce qui me tient ?

— Ce truc, là. Il te tient ! répète Thorsten d'une voix tremblante.

Nous nous regardons.

— Je dois rentrer, ajoute-t-il.

Avant que j'aie le temps de répondre, il appelle sa sœur. Alors que tous deux s'éloignent, je jette un dernier regard au cadavre martyrisé. Les mouches commencent à infester les viscères, et l'odeur est de pire en pire.

— Pourquoi tu as fait ça ? chuchoté-je.

Mais il n'y a plus personne pour me répondre. Soudain, je ressens à mon tour le besoin de partir. Je cours le plus vite possible jusqu'à chez moi. La phrase de Thorsten m'obsède.

Ce soir-là, je l'entends à nouveau. Un coup d'œil à gauche, un coup d'œil à droite : l'ombre a disparu. Je ris de moi-même, je me dis que j'ai toujours été trop peureux. J'aperçois l'immeuble où mes parents m'attendent. J'ai faim, je presse le pas. Mais, fasciné par les flocons qui virevoltent, j'oublie quelques instants que j'ai l'estomac dans les talons. J'oublie également l'ombre et l'inconnu. À présent, la neige tombe tellement dru que mes empreintes de pas sont recouvertes en quelques secondes.

Un bonhomme de neige, ça, ça restera. Et si j'en construisais un ?

Alors que je me penche pour ramasser de la neige, par-derrière, un bras passe autour de mon cou.

— Ne crie pas, sinon gare à toi.

Impossible de retenir mes larmes. Dans le vent glacial de l'hiver, elles forment un torrent brûlant sur mes joues.

— Je ne crierai pas, balbutié-je.

Nous avons dépassé le parcours de golf. Le lac est devant moi. Il faut que je me dégage de son étreinte, que je me sauve et que je rentre ! L'inconnu resserre sa prise autour de mon poignet et continue à courir, imperturbable. Il ne me lâche pas, même lorsque je trébuche. Pas une seconde.

— Je Vous en prie, mon Dieu, je ne veux pas mourir, murmuré-je.

J'essaie de bouger le bras, avec l'espoir d'échapper à l'inconnu. Je pourrais m'enfuir en courant à travers champs. En pleine tempête de neige, l'homme perdra peut-être ma trace. Si je réussis à rebrousser chemin, en cinq minutes, je suis chez moi. Mon père sortira et fera fuir l'inconnu. Il faudrait simplement que je lui échappe, que je desserre ses doigts qui s'enfoncent dans mon bras. Lorsque je trébuche une nouvelle fois, l'homme me relève avec brutalité.

— Allez, avance ! Et ne crie pas, sinon...

Sa bouche est à quelques centimètres de mon visage. Son haleine me donne la nausée.

— Et arrête de chialer !

Je n'y arrive pas. Me tenir debout, marcher, d'accord. Mais je ne peux contenir mes larmes. Elles roulent sur mes joues et gèlent dans le froid glacial. Alors que je tente à nouveau de me dégager, je ne vois pas le coup de poing arriver. Je suis touché à la tête, juste au-dessus de l'oreille. Une vive douleur me transperce.

— Arrête ta comédie, sinon gare à toi. Continue à marcher.

Nous empruntons le sentier qui mène au lac. L'eau est gelée, près de la rive.

La voix de Thorsten résonne de nouveau à mes oreilles.

— Il te tient ! Il te tient et il va te tuer !

Je recommence à prier.

— Je Vous en supplie, je Vous en supplie, je ne veux pas mourir !

Soudain, j'entends une deuxième voix, encore plus distincte.

— Il ne va pas te noyer. En revanche, si tu t'enfuies, il va te rattraper et t'assommer à coups de pierre.

Je comprends alors que c'est Dieu qui me parle. À neuf ans, je ne sais pas du tout qui Il est ni où Il vit. Ce que j'entendais au catéchisme était purement théorique, jusqu'à présent. Maintenant, je sais qu'Il existe et qu'Il s'adresse à moi. J'entends Sa voix, claire et distincte, dans ma tête.

— Si tu t'enfuies, il va te rattraper et t'assommer à coups de pierre, répète-t-elle.

Inutile de parler à haute voix pour communiquer avec elle.

— Si je ne m'enfuis pas, est-ce que je finirai par rentrer à la maison ? demandé-je en silence.

Je tends l'oreille : pas de réponse.

— Est-ce que je finirai par rentrer à la maison ???

Je crie intérieurement. Toujours rien.

— Je Vous en prie, mon Dieu, envoyez-moi un signe !

C'est la première fois de ma vie que je ressens un tel désespoir. Il vient même à bout de mes larmes. L'homme s'arrête sur la rive du lac. Je lève la tête vers lui. Dans le ciel, quelque chose attire mon attention. Une faible lueur, et puis je la vois : une étoile filante. À son tour, l'inconnu lève la tête. Alors que, durant quelques secondes, la main qui me serre le bras se décrispe, la voix retentit à nouveau.

— Ne t'enfuie pas ! Il va te rattraper et t'assommer à coups de pierre.

L'étoile filante disparaît. Il fait de nouveau nuit noire, à croire que j'ai rêvé. Mais, pour moi, l'étoile filante est un signe. « Fais-moi confiance », me dit-elle.

— C'est par où, Hochheim ? demande l'inconnu de but en blanc. Tu sais, toi ?

— Oui, je connais le chemin.

La vie est bien curieuse. Alors que je vis dans mon petit appartement, que je travaille et que j'essaie de laisser le passé derrière moi, d'autres personnes sont dans la démarche inverse. Elles se renseignent, déterrent une histoire, parcourent des dizaines, voire des centaines de kilomètres, et viennent sonner chez un inconnu pour lui dire : « Je voudrais vous parler de l'enlèvement. » Je ne sais pas si elles se rendent compte de ce qu'elles provoquent. Elles pensent que ce genre d'histoire ne doit pas tomber dans l'oubli, et elles ont sans doute raison. Moi, j'ai toujours essayé d'oublier. J'aurais peut-être fini par y arriver un jour. Mais il en sera autrement. Dans ma vie, rien ne se passe jamais comme prévu.

Le journaliste me propose un rendez-vous. Qui n'engage à rien, précise-t-il. Encore heureux. Nous nous retrouvons dans un café de Wiesbaden. Je n'ai plus de voiture – là encore, parce que dans ma vie, rien ne se passe jamais comme prévu –, donc j'y vais en train et en bus. Je marche jusqu'à la gare routière. En chemin, personne ne me regarde comme un jeune homme susceptible d'intéresser un grand magazine. Moi aussi, j'ignore ce qui se passe dans la vie des gens que je croise dans la rue. Qui montent avec moi dans le bus qui traverse le Taunus pour rejoindre Wiesbaden. Peut-être ont-ils vécu, eux aussi, une histoire terrible. Peut-être s'apprêtent-ils, eux aussi, à rencontrer un journaliste. Je me rends compte que plus j'approche du lieu de rendez-vous, plus mes pensées se bousculent dans ma tête. Quelqu'un m'a proposé de parler du passé, et j'ai accepté. Qu'est-ce qui m'a pris ? Vais-je devoir tout raconter, absolument tout ? Je pourrais très bien descendre à l'arrêt suivant et rentrer chez moi, où un contrat de travail m'attend. Dans quelques heures, je pourrais prendre la direction de l'Autriche et m'éloigner des curieux qui s'intéressent à l'enlèvement.

En écrivant ces lignes, je comprends que ce rendez-vous a été un tournant dans ma vie. Un défi que je me suis lancé. Ce jour-là, je n'ai pas rebroussé chemin. Au contraire, j'ai commencé à regarder le passé en face. Un journaliste a pris connaissance de mon histoire en consultant des archives, et ma vie a été bouleversée. Car il a parcouru des kilomètres pour venir sonner à ma porte. Car il a réussi à me convaincre de prendre sur moi et de relever le défi. Je ne suis pas descendu du bus. Je ne suis pas rentré chez moi.

Nous nous rencontrons au Starbucks de la gare de Wiesbaden. Le journaliste, vêtu d'un anorak beige, commande un café. Il me propose une pâtisserie, que je refuse. Je reste sur mes gardes, car j'ignore ce qu'il me veut précisément. C'est étrange. Comme des millions de personnes, je lis la presse tous les jours, mais je ne me suis jamais interrogé sur le travail de rédaction que représentaient tous ces articles. Justement, le journaliste veut écrire un article sur moi et sur ce que j'ai vécu.

— C'est arrivé il y a vingt-cinq ans exactement, dit-il.

Je ne m'étais pas rendu compte. Il a fallu qu'un inconnu débarque et me rappelle que j'ai été la victime d'un crime commis un quart de siècle auparavant.

— Une affaire unique dans l'histoire criminelle de l'Allemagne, poursuit le journaliste. C'est la première et unique fois qu'un enfant est séquestré aussi longtemps par un…

Il hésite, avant de prononcer le mot :

— Un pédophile.

À nouveau, mes pensées se bousculent dans ma tête. Certes, et alors ? Suis-je pour autant un phénomène de foire, au même titre que ceux qu'on appelait autrefois l'Homme à deux têtes, le Lilliputien ou le Fil de fer ? Non. Je suis un petit garçon qui a appris, par une glaciale soirée d'hiver, que le monde était dangereux.

Je sirote mon café tout en essayant de canaliser mes pensées.

— Que voulez-vous écrire ? lui demandé-je. C'est du passé. Il n'en reste plus rien.

L'homme sourit.

— Eh bien, il reste des photos et des images d'archives. Et surtout, il y a vous.

— Des images d'archives ? Quel genre ?

Le journaliste vient d'éveiller mon intérêt.

— La chaîne RTL a longuement traité votre disparition. Les recherches ont été filmées, ainsi que le travail de la cellule spéciale et les fouilles menées par l'armée américaine. Un policier a même filmé la caravane.

La caravane. Sa saleté, sa puanteur. Les détritus, la crasse. Je ne l'ai pas oubliée, mais j'évite d'y penser autant que possible. Et, soudain, elle surgit devant moi. C'est comme bêcher un terrain laissé à l'abandon et déterrer de vieilles racines.

— Vous accepteriez de figurer dans cet article ?

Je le regarde. Il a l'air honnête. A priori, ce n'est pas quelqu'un de malveillant.

— Je ne sais pas, réponds-je. Il faut que je réfléchisse.

— Bien sûr. Pouvez-vous me recontacter dans quelques jours ?

Je le préviens que je risque de partir vivre en Autriche, puis je prends le chemin du retour. Dans le bus, je me dis qu'il y a un quart de siècle, j'ai emprunté le même moyen de transport. Plus précisément, la ligne 25, supprimée depuis.

Je m'interroge. Pourquoi un article sur ce sujet précis ? Pourquoi devrais-je accepter ? Mon vécu ne regarde personne. Mais je connais la réponse. C'est un monde dangereux, et je n'y étais pas préparé. Mes parents non plus, de même que les nombreux bénévoles qui ont participé aux recherches. Aujourd'hui, rien n'a changé, ou presque. Récemment, la moitié de l'Allemagne s'est mobilisée pour retrouver un garçon disparu. Les unes des journaux sont restées gravées dans ma mémoire :

16 septembre 2010 : « Les recherches pour retrouver Mirco, disparu à Grefrath, ont été interrompues. La police soupçonne un voisin. »

27 janvier 2011 : « La police a retrouvé le cadavre de Mirco. C'est la triste vérité : Mirco est mort. »

28 janvier 2011 : « Mirco a été assassiné le soir de son enlèvement. La cellule de crise le recherchait depuis cinq mois. »

Avant Mirco, il y a eu l'enlèvement de Felix Wille, Levke Strassheim, Natascha Kampusch, Elizabeth Smart, Madeleine McCann et tant d'autres. Malheureusement, nombreux sont les enfants enlevés, et rares sont ceux qui survivent à la séquestration et aux pulsions perverses de leur ravisseur. J'en fais partie. Ai-je le droit de garder le silence plus longtemps ? N'ai-je pas le devoir d'inciter les adultes à plus de vigilance, pour qu'ils apprennent à repérer les individus dangereux ? Pour que les parents apprennent la méfiance à leurs enfants et les dissuadent de monter dans la voiture d'un inconnu qui leur dit : « Viens, je t'emmène voir tes parents, ils ont eu un accident » ? C'est ainsi que Marc Hoffman a attiré Felix, huit ans, dans sa voiture, pour le tuer. Comment changer les choses ? Ces événements terribles, qui surviennent partout dans le monde, figurent à la une des journaux pendant quelques jours. Puis la vie reprend son cours, et les victimes tombent dans l'oubli. Moi aussi, j'oublie. Mais, aujourd'hui, je me rends compte que c'est faux. Que certains continuent à y penser, même vingt-cinq ans plus tard. Un article dans un magazine ne fera peut-être pas évoluer les mentalités, mais je dois au moins essayer !

En rentrant chez moi, je vérifie que tout est en ordre. Je vis dans l'angoisse que quelqu'un entre par effraction. Je ne suis pas tranquille avant d'avoir sécurisé toutes les issues à l'aide de chaînes. Il n'y a personne, mon appartement est tel que je l'ai laissé quelques heures auparavant. Et pourtant, tout a changé. J'ai changé. Je me suis décidé. Je prends mon téléphone et compose le numéro du journaliste.

— C'est d'accord pour l'article, lui annoncé-je.

Nous discutons pendant quelques minutes. Il me demande la permission d'interviewer mes parents. À condition, bien sûr, qu'ils acceptent de le recevoir. Je lui donne mon feu vert, mais le prie d'attendre que je les prévienne. Je suis conscient que, dans cette courte phrase, « C'est d'accord pour l'article », il y a plus en jeu qu'un entretien avec un journaliste.

J'ai complètement perdu la notion du temps. L'homme me tient toujours par le bras. J'ai du mal à marcher au même rythme que lui, mais je fais de mon mieux. J'ai trop peur qu'il me frappe encore, si jamais je trébuche ou je pleure. Parfois, je renifle, c'est plus fort que moi, mais je suis le plus discret possible.

L'homme semble avancer sans but. Je sais que, par ici, il y a des champs immenses, des carrières, des plans d'eau, des golfs et des prairies. Plus loin, là où le Main se jette dans le Rhin, des zones industrielles jouxtent des lotissements plus ou moins étendus, délimités par des voies ferrées, des potagers collectifs et des terrains en friche. Les villes de Mayence, Wiesbaden, Rüsselsheim et Hofheim sont les quatre coins d'un carré où nous errons en pleine nuit. J'entends régulièrement des moteurs de voitures et d'avions. L'aéroport de Francfort n'est pas très loin, tout comme la base militaire américaine de Wiesbaden, située au nord. Dès que nous approchons d'une route, l'homme veille à ce que personne ne nous voie. Il attend que les phares de voitures disparaissent complètement avant de traverser. Nous contournons les habitations et décrivons de nombreux méandres à travers champs, comme si nous suivions le cours d'un ruisseau sinueux. Le sol est gelé et recouvert d'une épaisse couche de neige, sauf près des plans d'eau, où nous nous embourbons.

Je suis fatigué, je tiens à peine debout. La peau me brûle, à l'endroit où l'homme m'a frappé. « C'est par où, Hochheim ? » sont les derniers mots qu'il a prononcés. Je me creuse la cervelle pour essayer de comprendre ce qu'il me veut. Je n'envisage plus de fuir. Je sais qu'il me rattrapera et m'assommera à coups de pierre. Mais où allons-nous ? Et à quoi dois-je m'attendre, une fois que nous serons arrivés à destination ?

Pendant tout ce temps, je pense à mes parents et à Jenny. Je me demande s'ils sont partis à ma recherche. J'ignore que chez moi, c'est le chaos. J'ignore que mon père me guette toute la soirée au balcon, jusqu'à ce que, peu avant le retour de Jenny, la tempête de neige l'oblige à s'abriter. J'ignore que ma sœur rentre à 22 h 30 avec la certitude que je suis au lit depuis longtemps. J'ignore que mon père lui demande où je suis passé. J'ignore qu'ils paniquent et se précipitent chez les voisins. J'ignore tout cela, tandis que mon ravisseur et moi courons à travers champs, comme si nous avions une armée à nos trousses. Une pensée terrible me traverse l'esprit : et si je ne revoyais plus jamais ma famille ? J'ai l'impression d'être englouti par un trou noir. L'angoisse me paralyse, au point que je trébuche et tombe à genoux.

— Avance ! m'ordonne l'inconnu.

Je secoue la tête. Je ne peux plus. Je ne veux plus. Il doit me relâcher. Je veux rentrer chez moi. Mais je ne dis rien. Ces mots restent coincés dans ma gorge. L'homme se détourne de moi. A-t-il décidé de me laisser tranquille ? A-t-il compris que je ne lui appartenais pas, que je ne voulais rien avoir à faire, mais alors, vraiment rien, avec lui ? Va-t-il m'abandonner là et continuer son chemin ? Cette éventualité aussi me fait peur, car je n'ai pas la moindre idée de l'endroit où nous nous trouvons. Je ne suis jamais venu jusqu'ici. Enfin, peu importe. Tout, sauf suivre cet horrible type. Je réussirai forcément à rentrer chez moi. Au lever du jour, je trouverai un chemin qui me mènera jusqu'à une route, et là, des gens appelleront mon père. En me disant cela, je sens renaître une petite lueur d'espoir. L'homme regarde encore quelques instants au loin, puis m'agrippe à nouveau le bras.

— C'est par là.

Il m'oblige à me relever. Je chancelle sur mes jambes.

— Et ne crie pas, sinon gare à toi.

Encore une fois, je me dis que je vais mourir. Peut-être ici, dans ce champ, peut-être dans quelques minutes. Oh, mon Dieu, pourquoi ? Je n'ai rien fait ! Je cherche fébrilement ce que je pourrais avoir à me reprocher. Ai-je joué un mauvais tour à quelqu'un ? Si oui, est-ce ma punition ? Non, je ne vois pas. Il n'y a rien, rien de rien ! Vous devez me croire, mon Dieu ! Je fonds en larmes, même si je sais que l'inconnu ne le supporte pas. Mais c'est plus fort que moi, les larmes coulent toutes seules. Il m'ordonne de me calmer. Impossible. La perspective qu'il me frappe, qu'il m'assomme à coups de pierre, que je meure, rien n'y fait : je ne peux plus m'arrêter.

Cette fois, l'homme ne lève pas la main sur moi. Il me serre le bras et se remet en route. Il a de la force. Je dois rester debout, si je ne veux pas être traîné comme un sac à patates. Quand j'avance de quatre pas, il en fait un seul. Il semble avoir oublié que je ne suis qu'un enfant. Un enfant ! Brusquement, un sentiment de révolte m'envahit. J'ai envie de hurler : « Je suis un enfant ! Laisse-moi partir, espèce de gros dégoûtant ! » Soudain, il s'arrête, s'accroupit à ma hauteur et pose ses mains sur mes épaules. Sa barbe hirsute me frôle le visage. A-t-il lu dans mes pensées ?

— Continue à marcher, sinon gare à toi, chuchote-t-il.

L'effroi m'envahit. Pris d'une peur panique, je me mets à trembler.

— Sinon gare à toi, répète-t-il. Est-ce que c'est clair ?

C'est maintenant que tout se joue, j'en ai conscience. Si je ne me ressaisis pas, il va me tuer. Ici, dans ce champ. Je n'ai que neuf ans, mais en cet instant, je sais que je peux rendre mon dernier souffle d'un instant à l'autre.

Le temps semble s'être arrêté. Cela faisait longtemps que je n'étais pas resté chez moi à réfléchir. Ces dernières années, je suis passé d'un travail à l'autre sans jamais me reposer. J'aime mon métier de serveur, c'est avec plaisir que je séjourne dans les hôtels de luxe, qui répondent à mes exigences en matière de confort et de propreté. Je me sens comme à la maison, tout en étant libre de rester ou de partir. Je rencontre des personnes qui, elles aussi, passent énormément de temps à l'hôtel. J'ai même eu pour client un rockeur allemand qui y vivait. Peut-être parce qu'il a gagné sa vie comme serveur, avant de connaître le succès. Peut-être aussi parce qu'il tient à sa liberté.

J'ai beaucoup de mal à m'attacher à quelque chose ou à quelqu'un, qu'il s'agisse d'un travail ou d'une petite amie : au bout de trois mois, j'ai la bougeotte et je reprends la route. Jusqu'à présent, cette situation me convenait.

Aujourd'hui, tout a changé. Je reste assis sur le canapé à attendre que le journaliste me rappelle. Et je me rends compte que ce que j'ai toujours fui comme la peste est en train de se produire. Je repense au passé. Je ressasse. J'avais bien enterré cette histoire qui date de vingt-cinq ans, et voilà que les vieilles plaies se rouvrent du jour au lendemain. Ne vaudrait-il mieux pas partir pour l'Autriche dès que possible ? La sonnerie du téléphone m'arrache à mes pensées. C'est le journaliste, il voudrait passer chez moi et me poser quelques questions. De mon côté, je ne suis pas sûr d'en avoir envie. Je regrette presque d'avoir donné mon feu vert à l'article.

— Quel genre de questions ?

— J'aimerais en savoir plus sur l'enlèvement, sur ce qui s'est passé. Et ce qui a suivi.

— C'est très flou, j'avais neuf ans. Vous vous souvenez de l'affaire, vous ?

— Non, pas en détail, répond le journaliste après quelques secondes de silence. Mais j'ai des photos qui pourraient vous aider. Et j'aurais aussi voulu que vous m'accompagniez sur les lieux.

Sur les lieux. Derrière les collines, à une vingtaine de minutes en voiture. Le dernier endroit au monde où j'ai envie de me trouver. Dans ma tête, tout semble lointain, irréel. J'ai refoulé les événements survenus à cette époque. Sinon, comment aurais-je pu continuer à vivre ?

Mais il y a autre chose, une prise de conscience : cette situation n'est pas vivable. Je suis dans l'impasse. Au plus profond de moi-même, je sais que le passé est là, qu'il rôde et que je vais devoir l'affronter tôt ou tard. Je ne peux plus prétendre qu'il ne s'est rien passé. Peut-être que le journaliste a raison ? Peut-être que certains souvenirs remonteront à la surface, lorsque je verrai les photos ? Peut-être même qu'un retour sur les lieux me sera bénéfique ? Alors que je continue à réfléchir, une image me revient en mémoire. La caisse. Je l'avais oubliée, et voilà qu'elle réapparaît soudain. La caisse dans laquelle il m'enfermait, quand il s'absentait. Mes mains deviennent moites.

— Vous avez entendu parler de la caisse ? demandé-je de but en blanc.

Je n'attends pas la réponse du journaliste.

— Apportez tous vos documents. Je suis chez moi, je vous attends.

Notre course folle ne s'arrête pas là. L'inconnu se met à courir, toujours en me tirant par le bras. Il ne montre aucun signe de fatigue, alors que moi, je tiens à peine debout. J'ai mal au ventre à cause de la faim, et ma gorge est complètement desséchée. Je garde la bouche ouverte dans l'espoir de gober quelques flocons de neige. En vain, car l'homme ne me laisse pas m'arrêter. Il fait tellement froid que les larmes laissent des traces de givre sur mes joues. Tandis que je continue à avancer en titubant, j'aperçois une lueur orange au loin. Difficile de dire s'il s'agit des premiers rayons du soleil ou d'une ville. En tout cas, j'ai l'impression que nous approchons d'une zone habitée. Je me prends à espérer timidement qu'un adulte nous abordera et se confrontera à l'inconnu. Mais je suis trop faible pour y croire vraiment.

Devant nous, une route. Lorsqu'une voiture passe, l'homme recule, me pousse dans le fossé et me serre contre lui. Puis il regarde à gauche, à droite, me prend le bras et traverse. De l'autre côté, il y a encore un champ, mais beaucoup moins étendu. Nous finissons par emprunter un petit sentier qui mène à un terrain vague délimité par des barbelés. Je distingue des buissons, quelques arbres et ce qui ressemble à une maisonnette.

— On est arrivés ! dit l'homme.

Après avoir longé la clôture de barbelés, nous atteignons une barrière fermée. L'homme fouille ses poches à la recherche d'une clé. Il ne la trouve pas et s'énerve en marmonnant dans sa barbe des mots que je ne saisis pas.

— Tu vas devoir escalader, ajoute-t-il après une longue hésitation.

Je me dis qu'on n'a sûrement pas le droit, qu'il doit s'agir d'une propriété privée. Mais je n'ai pas le temps de dire ouf que l'homme me hisse au-dessus des barbelés.

Je me souviens de la fierté que j'ai ressentie, quelques jours auparavant, lorsque ma mère m'a dit de monter sur la balance et que le chiffre trente est apparu. Pour moi, c'est énorme. Pourtant, l'inconnu vient de me soulever avec une facilité déconcertante, sans fournir le moindre effort.

En me cramponnant à la clôture, je m'écorche la main sur la dernière rangée de barbelés. L'homme ignore mon cri et me pousse. Lorsque je me redresse, je le vois qui me fixe de l'autre côté. Je me dis : « File, c'est maintenant ou jamais ! Cours le plus vite possible ! Tu vas peut-être trouver une cachette ! »

— Les barbelés font tout le tour. Tu ne peux pas t'échapper, dit l'homme, alors que je m'apprête à tenter ma chance.

En un éclair, il se hisse, saute et atterrit dans l'herbe, à côté de moi. Sans perdre une seconde, il m'attrape par l'épaule et me force à avancer.

— Par là.

Nous nous dirigeons vers ce que j'ai pris pour une petite maison, mais qui est, en réalité, une caravane. Avec son toit arrondi, elle ne ressemble pas à celles que je vois d'habitude. Elle a l'air abandonnée, car elle repose sur ses essieux, et toutes les ouvertures sont condamnées par des planches. On dirait que quelqu'un a renversé une poubelle géante et y a ajouté une porte en vitesse. Tout près, un cabanon fait de bric et de broc penche dangereusement.

Nous nous arrêtons devant la porte. L'inconnu cherche à nouveau dans ses poches. Lorsqu'il en sort une clé, sa bouche se tord en un rictus de satisfaction. D'une main, il me retient, de l'autre, il met la clé dans la serrure et tourne. J'entends un grincement. Puis la porte se bloque. L'homme lui assène des coups de pied jusqu'à ce qu'elle s'ouvre. Me voilà face à un trou noir d'où émane une odeur pestilentielle d'humidité et de pourriture.

Non !

Je ne veux pas entrer là-dedans !

C'est hors de question !

L'homme me donne un coup dans le dos, et je tombe en avant. L'intérieur de la caravane est plongé dans le noir. Je reste figé, comme enraciné dans le sol, sans pouvoir avancer. Suis-je seul ? L'homme est-il resté dehors ? S'est-il contenté de m'enfermer ?

Non. Sa voix résonne dans l'obscurité.

— Bon. Déshabille-toi, maintenant.

— Quelles questions allez-vous me poser ? demandé-je au journaliste.

— J'aimerais en savoir plus sur l'enlèvement, le déroulement des faits. Et la séquestration.

En l'attendant, j'ai une grosse boule dans la gorge. Non pas à cause de la honte et de la souffrance qui m'envahiront, lorsque je relaterai les faits. Ce qui m'inquiète vraiment, c'est ma mémoire défaillante. Que va penser le journaliste, si je réponds à chacune de ses questions par « Je ne sais pas » ? Risque-t-il de s'énerver ? J'ignore tout de ce milieu et de ses méthodes. Notre premier contact a été très bref. Plus tard, j'apprendrai que ce journaliste est reconnu par l'ensemble de la profession, comme en témoignent les prix qu'il a reçus. Deuxième chose que je ne sais pas encore : il est originaire de Wiesbaden, comme moi.

Lorsqu'il sonne à la porte, je l'invite à entrer. Il balaie l'appartement du regard, puis s'assied. Après avoir échangé quelques banalités, nous entrons dans le vif du sujet. Le journaliste dit parfaitement imaginer l'effort que cette interview me demande. Je pense qu'il est sincère. Je lui donne cinquante-cinq ans, alors qu'il en a soixante-cinq. En tout cas, il semble avoir une grande expérience de la vie. À présent, il me demande si j'accepte de consulter quelques archives. Je hoche la tête. Il procède par étapes : tout d'abord, des photos de mes parents prises l'année de l'enlèvement. Ce qu'ils étaient jeunes ! Sur d'autres clichés, je reconnais notre immeuble. Soudain, je me retrouve nez à nez avec une photo de la caravane. Je la fixe, et lentement, une image se forme dans ma tête. Mon ravisseur et moi nous tenons devant la clôture. Il me fait passer par-dessus. Il ouvre une porte. Devant moi, un trou noir.

— J'ai une de ces trouilles, dis-je au journaliste.

— J'aimerais en savoir un peu plus, répond-il après un long silence. Acceptez-vous que j'enregistre notre entretien ?

À cet instant, j'ai l'impression d'être à nouveau face au trou noir. Et lorsque je réponds au journaliste, c'est à peine si je reconnais ma voix.

— Pourquoi pas ? Pas de problème, enregistrez tout.

Je reste immobile. Lorsque, tout à coup, une lumière s'allume, mon premier réflexe est de fermer les yeux. L'homme me pousse en avant. Je trébuche et regarde devant moi pour ne pas tomber. Je suis dans un couloir étroit. L'homme tend le bras au-dessus de ma tête et fait coulisser une porte située à ma droite. Je découvre une pièce sens dessus dessous, dont j'ignore encore – et heureusement, peut-être – qu'elle sera ma prison.

L'homme me force à entrer et referme la porte. Dans cette minuscule pièce, je vois un matelas, un meuble de cuisine et un vieux poêle. Le sol disparaît sous les vêtements roulés en boule et les détritus. Il y a aussi des assiettes sales, des cannettes de bière, des bouteilles et des boîtes de conserve. L'odeur est épouvantable.

Je vais devoir rester ici ? Mais je ne peux pas, je ne veux pas !

J'ai l'impression que mes dernières forces m'abandonnent. Mes parents adorent les émissions consacrées aux crimes non élucidés. Un soir, moi aussi, j'ai regardé en cachette. Cet homme est-il un criminel en liberté ?

Je prends mon courage à deux mains et me tourne vers lui.

—Mes parents ne pourront pas vous verser de rançon.

Ses petits yeux enfoncés dans leurs orbites me glacent d'effroi. Ses cheveux mouillés par la neige sont collés à son front. De minuscules glaçons perlent dans sa barbe broussailleuse. Il porte un pantalon crasseux et de vieilles chaussures complètement usées. De l'eau goutte de sa chemise. Surtout, je remarque qu'il a les mains plongées dans les poches de son manteau et qu'il les bouge d'avant en arrière. En silence, l'air absent, sans me quitter des yeux. Comme s'il réfléchissait. Comme si j'étais un problème qu'il résoudrait en me regardant fixement.

—Je suis un garçon, lui dis-je.

Les mots sortent tout seuls. Peut-être à cause de sa façon de me dévisager. Bien sûr, il sait que je suis un garçon. Il le sait depuis l'instant où il a tenté de plaquer sa bouche sur la mienne, lorsque nous étions dans les fourrés, au pied de mon immeuble. Mais si je le répète, il me laissera peut-être partir. J'ai l'impression qu'il est déçu. Peut-être qu'il ne s'agit pas d'argent. Dans ce cas, de quoi est-il question ?

—Je suis un...

Impossible de prononcer le dernier mot, qui meurt dans ma gorge. Si l'homme n'a pas l'intention de demander une rançon à mes parents, qu'est-ce que je fais là ? J'ai une intuition terrible. Ma présence a-t-elle un rapport avec le baiser que l'homme a voulu m'imposer ? Toujours debout devant moi, il exhale une odeur âcre. Il me scrute, comme un professeur qui demande à un élève d'aller au tableau et de résoudre un problème d'arithmétique particulièrement ardu. C'est ce que je ressens : il faut que je résolve quelque chose, mais je ne sais pas quoi. Je sais que l'homme attend quelque chose de moi, mais je suis incapable de dire de quoi il retourne. À la fois révulsé, affamé et assoiffé, je tremble de la tête aux pieds. Je tente de ravaler mes larmes, en vain.

— Déshabille-toi, répète l'inconnu.

Je ne bouge pas d'un pouce. Lui aussi reste parfaitement immobile. Il me toise de toute sa hauteur, si bien que je me sens ridicule, avec mon mètre trente-trois. Dire qu'il n'y a pas si longtemps, j'étais si fier de ma taille ! À présent, je n'en mène pas large.

— Déshabille-toi !

Je secoue la tête. Mes vêtements sont détrempés, j'aimerais bien les retirer pour enfiler quelque chose de chaud et de sec. Mais pas devant cet homme au regard perçant. Pas tant qu'il fait je ne sais quoi avec ses mains dans les poches.

— Allez ! Je ne le répéterai pas.

Je reste figé. Quant à l'homme, il sent de plus en plus mauvais. Comme s'il transpirait, malgré le froid glacial. Comme s'il cherchait à se servir de son odeur pour m'hypnotiser. Face à lui, je me sens impuissant. « Cours, enfuis-toi » : ces mots tournent en boucle dans ma tête. Mais ceux de l'inconnu, « Tu ne peux pas t'échapper ! », résonnent encore plus fort. Et je sais qu'il a raison, que je ne vais pas pouvoir sortir d'ici. L'inconnu se tient devant la porte coulissante, et je ne vois aucune autre issue, à part une fenêtre condamnée de l'extérieur par des planches.

— Ça suffit, maintenant ! éructe l'homme.

Lorsqu'il m'attrape par la taille, je pousse un cri strident. L'homme est fort. L'homme est costaud. Il me soulève comme une plume. Je hurle à nouveau. Pendant quelques secondes, nos visages se font face. Je sens son haleine pestilentielle, je vois ses yeux écarquillés. Il me jette de toutes ses forces contre le mur, que je heurte de plein fouet. Je hurle de douleur et fonds en larmes. C'est plus fort que moi. Je sanglote, je hoquette, je suis hystérique, contrairement à l'homme, toujours aussi calme.

— Tu fais ce que je te dis, sinon je te bats à mort, dit-il froidement.

Le journaliste enchaîne les questions. Très vite, force est de constater que je n'ai pas réponse à tout, loin de là. Cependant, quelques mots, quelques images refont surface.

— Comment ai-je pu les refouler aussi longtemps ?

C'est une question que je me pose à moi-même, dans un murmure. Mais le journaliste a l'ouïe fine. Il répond que, bien que n'étant pas psychiatre, il a souvent observé ce phénomène chez les personnes traumatisées.

Les personnes traumatisées : j'ai lu sur le sujet, tout en essayant de me convaincre que je n'étais pas concerné. Un traumatisme, c'est un stigmate : on est marqué au fer rouge, marginalisé. Très peu pour moi ! Je veux être comme tout le monde, vivre comme quelqu'un de normal à qui il arrive des choses ordinaires. Et pourtant, je baigne dans l'anormalité. Le jour où le journaliste vient me rendre visite, je suis encore très loin d'avoir fait le deuil de la banalité. Je ne m'attends pas non plus au bouleversement qui s'opère, lorsqu'on autorise les souvenirs à occuper la place qui leur revient de droit.

Le journaliste pose un Polaroid sur la table.

— Personne ne peut te forcer à le regarder, me dit une petite voix. Tu n'as qu'à le mettre dehors, ce mec, avec ses archives. Et tu pourras continuer à vivre comme avant.

Puis j'entends une deuxième voix, plus forte.

— Je refuse. Je refuse de fuir plus longtemps.

Je décide donc de regarder la photo. Elle a été prise dans un bureau. À côté d'une chaise à rembourrage bleu, un petit garçon hagard contemple l'objectif. Derrière lui, une grande carte de la région est accrochée au mur. Le flash s'y reflète. Le photographe a pris le cliché en vitesse, comme s'il craignait que l'enfant disparaisse. Celui-ci porte un pull vert, une sorte de tablier, des collants noirs et des souliers immenses, à croire qu'il chausse du quarante-six. Tout de suite, je me dis que son visage est triste, fatigué, perturbé, innocent.

C'est mon visage.

— Cette photo a été prise peu après votre libération, précise le journaliste.

Sous mes yeux, le cliché semble prendre vie.

— Tu peux te tourner un peu vers l'appareil ? dit une voix.

Je m'exécute, lève la main droite et ferme le poing, à l'exception de l'index, avec lequel je désigne la chaise. Ce petit geste signifie : « C'est bien, comme ça ? Je ne veux surtout pas me tromper car, d'où je viens, la moindre erreur peut me coûter la vie. » Le policier appuie sur le déclencheur. Le moment est saisi pour l'éternité, ou du moins, tant que le Polaroid ne vieillit pas : Sascha Buzmann, neuf ans, libéré après quatre-vingt-six jours de séquestration.

Le journaliste sort une deuxième photo. Cette fois, il s'agit d'un cliché en noir et blanc sur lequel figure ma mère. Notre ressemblance me saute immédiatement aux yeux. Ma mère a fait venir la personne qui a pris la photo, sans doute un journaliste, dans ma chambre. Derrière elle, un poster est accroché au mur. On y voit une Porsche 959, la magnifique voiture de sport dont je rêvais, enfant. En dessous, mon lit. À droite, mon bureau, et les étagères où j'ai soigneusement aligné toutes mes figurines Maîtres de l'Univers. Elles sont en rang, comme si elles attendaient le signal pour passer à l'action. Ma mère pose avec une figurine représentant un cavalier très costaud. Elle a les yeux cernés, on dirait qu'elle ne dort plus. Elle montre le jouet à l'objectif, l'air de dire : « C'est tout ce qu'il reste de mon fils. »

Mon interlocuteur m'explique que cette photo a été publiée dans de nombreux journaux, à la fois pour mobiliser l'opinion et faire pression sur le ravisseur.

Soudain, je me souviens du classeur que mes parents gardaient sous clé, dans le buffet du salon. Ils y avaient rassemblé de nombreuses coupures de presse, des photos et d'autres documents. Je ne l'ai jamais consulté.

— Ce sont mes parents qui vous ont donné ces photos ?

— Certaines, oui. J'ai trouvé les autres en fouillant dans les archives. En 1986, Internet n'existait pas. Aujourd'hui, tout serait sur le Web.

Rien que d'y penser, j'en ai la chair de poule. Je n'aurais pas pu refouler mes souvenirs, s'ils étaient restés accessibles en deux clics. Un buffet, c'est plus facile à fermer à clé.

— D'après votre mère, à votre retour... Eh bien, pour elle, c'était comme si vous n'aviez jamais disparu. Après l'enlèvement, vous avez continué à vivre comme si de rien n'était.

Je me lève de la table où sont étalées les photos pour aller préparer du café. Je profite de ces quelques minutes pour retrouver mes esprits.

— Oui, réponds-je en me rasseyant. C'est ce que je voulais, je crois : continuer à vivre comme si de rien n'était.

Je reprends la photo du petit garçon. J'avais les cheveux qui m'arrivaient presque aux épaules. Pas étonnant que ce type m'ait pris pour une fille. Et je suis si sale, si apeuré...

Je repense à quelque chose.

— Je me souviens d'avoir signé une déposition. Peut-être le jour où a été prise la photo, ou un peu après.

Le journaliste m'observe attentivement, puis fouille dans sa serviette et en sort un document.

— Votre première audition a sans doute eu lieu au commissariat. Puis vous avez été entendu une deuxième fois par une femme. Mais la déposition à laquelle vous pensez a été rédigée deux jours après votre libération.

Il me tend le document. Sur l'en-tête figure : « Tribunal de Wiesbaden. » Je lis les premières lignes à haute voix.

— « Le témoin, après audition, déclare sous serment que... »

— Le témoin, c'est vous, précise le journaliste. Vous avez prêté serment.

Je secoue la tête. Je ne me souviens pas d'avoir juré de dire la vérité, toute la vérité, rien que la vérité. Comment cela est-il possible ? Comment peut-on menacer un enfant de neuf ans, deux jours après la fin de son calvaire, de le poursuivre pour faux témoignage ? Pourtant, j'ai ces mots écrits sous les yeux. Tapés avec une vieille machine à écrire, ils forment une ligne irrégulière.

— À l'époque, on avait encore des progrès à faire en informatique, remarqué-je.

Pour la première fois depuis son arrivée, le journaliste sourit. Je me détends, l'espace d'un instant. Un calme de courte durée ; je poursuis ma lecture.

— « Je me souviens assez bien de tout ce qui s'est passé. Je suis descendu au terminus. Pour rentrer chez moi, j'ai pris le chemin qui longe l'immeuble peint en jaune. On le voit de la fenêtre du salon, il part sur la gauche. » Je suppose que l'audition a eu lieu chez nous, étant donné mes explications.

Le journaliste hoche la tête.

— « Avant de rentrer, j'ai joué quelques minutes avec César, un chien. Je ne connais pas le nom de son maître. » C'est curieux, j'ai complètement oublié. En revanche, je me souviens d'avoir fait un bonhomme de neige, et je n'en parle nulle part.

Je passe à la suite.

— « Après l'arbre, j'ai traversé le square en courant. Je me suis dépêché, car mes parents m'avaient dit de rentrer à 20 heures. J'étais déjà très en retard. Au coin de la rue, un homme que je n'avais pas remarqué m'a passé son bras autour du cou, m'a soulevé et m'a entraîné vers les buissons. »

Je secoue la tête, perplexe.

— C'est faux, je l'ai vu dans le bus, et on est descendus au même arrêt. Je me souviens de son ombre. Pourquoi ce n'est pas mentionné dans la déposition ?

— Parce qu'on a dû vous poser des questions orientées, par exemple : « Est-ce que tu te rappelles telle et telle chose ? Est-ce que ça s'est passé comme ça ou comme ça ? » Dans ces cas-là, les réponses sont jouées d'avance. À votre place, je me fierais plus à ma mémoire qu'à ce document. Et puis, n'oubliez pas qu'à l'époque, les juges et les policiers traitaient rarement des affaires d'enlèvements où l'enfant était retrouvé sain et sauf. Je doute que vous ayez été entendu par un personnel qualifié. Quand on lit la suite de votre témoignage, on sent que les questions ont été posées par une personne qui ne connaît rien à la pédophilie.

Les paroles du journaliste sonnent comme un avertissement. Prenez garde à ce que vous allez lire. Ne perdez pas de vue que vous avez certainement répondu à des questions orientées, et qu'elles vous ont poussé à tenir des propos inexacts. Peut-être que vous devriez vous arrêter là.

Mais je m'entête.

— « J'avais trop peur pour crier. Il m'a emmené avec lui. Jusqu'à la route, j'arrivais à me repérer. Après, j'étais perdu. Puis il m'a mis son zizi dans les fesses environ une fois par semaine… »

Cette transition abrupte me prend de court. J'ai les tempes qui tambourinent. Ma bouche se dessèche en une fraction de seconde. Les lettres dansent devant mes yeux. En voulant prendre un mouchoir, je renverse ma tasse de café. Celle-ci se brise au sol sans que je l'entende. Je m'éponge distraitement le front. Les phrases tapées à la machine à écrire redeviennent nettes. Je me force à poursuivre.

— « Il n'y est pas arrivé tout de suite. Mais au bout d'une semaine, à peu près, l'homme a mis son zizi dans mes fesses. Je n'étais pas obligé de me déshabiller complètement à chaque fois, car il faisait froid. Mais tous les jours ou presque, l'homme baissait sa braguette. Je devais frotter son zizi jusqu'à ce qu'un truc en sorte. Il me forçait aussi à le mettre dans ma bouche. Et l'homme m'a… »

Je lâche le papier, comme si je venais de recevoir une décharge électrique. Alors que j'essuie mes yeux embués de larmes, je remarque la tasse brisée en mille morceaux. Une tache brune se répand sur la moquette. Je déteste la saleté ! Je me démène au quotidien pour que mon appartement soit propre et bien rangé, et une tasse renversée suffit à rendre tous mes efforts dérisoires. Tant d'autres choses sont dérisoires : une enfance heureuse, qui ne m'a pas préparé à la dangerosité du monde ; une étagère occupée par de valeureux guerriers qui n'ont pas pu me venir en aide ; des policiers qui viennent chez moi pour savoir ce qu'un pédophile a infligé au petit garçon qu'il retenait prisonnier. Ces mêmes policiers qui m'ont forcé à clore ma déposition par cette phrase révoltante : « Lu et approuvé. Sascha Buzmann. »

En effet, il s'agit bien de ma signature. Celle d'un garçon de neuf ans à l'écriture appliquée, même après quatre-vingt-six jours de viols répétés. J'aimerais crier ma colère, mais j'en suis incapable.

J'étais pétrifié, sous le choc. Et je le suis sans doute encore.

Je pleure, recroquevillé par terre. L'homme se penche, me soulève et me gifle à plusieurs reprises.

— Soit je te frappe, et ça peut durer toute la nuit, soit tu m'obéis.

C'est incompréhensible. Comment ça, « toute la nuit » ? Nous venons de la passer dehors, à errer à travers champs. Cela veut-il dire qu'elle n'est pas terminée ? À moins qu'elle ne prenne jamais fin ? Et qu'insinue l'homme par : « Tu m'obéis » ? Il veut que je me déshabille, mais pourquoi ? J'ai arrêté de croire qu'il allait me prêter des vêtements secs. Il ne doit pas y en avoir, ici. Je n'ai jamais vu un endroit aussi sale, humide et moisi. Et puis, il fait très froid. Je panique. L'homme lève à nouveau la main. Il est rapide. Il est fort. Lorsqu'il me frappe au visage, je tombe à terre. Cette fois, je me relève. Je crie, j'essaie de le repousser. De ma bouche sortent des mots que je ne comprends pas moi-même. Je me jette de toutes mes forces contre l'homme, qui reste droit comme un *i*. Qui ne bouge pas d'un millimètre. Qui rit. Puis il me prend par le bras dans une poigne d'acier et me soulève. Je sens le sol se dérober sous mes pieds. Je me débats, je tente à nouveau de le frapper. Il rit encore plus fort.

— Tu résistes ? Très bien.

Il me lâche. En tombant, je ressens une vive douleur à la cheville. Impossible de me relever. J'abandonne. Je me roule en boule et tends les bras pour protéger mon visage.

— Arrête ta comédie, sinon gare à toi, dit l'homme en me donnant un coup de pied.

Bizarrement, j'entends l'inconnu s'éloigner. Il répète une phrase en boucle et sur tous les tons.

— Ils n'ont pas le droit, ils n'ont pas le droit.

Soudain, il réapparaît devant moi.

— Bon, allez, debout. Arrête de pleurnicher et enlève tes fringues.

Je ne lui obéis pas. Je reste immobile. Je me réfugie dans une bulle. Je pense à ma chambre, à mes figurines Maîtres de l'Univers, Musclor et Skeletor, à ma mère, à mon père, qui battrait cet homme à plate couture. À ma sœur Jenny, avec qui je vais patiner. À mon cartable, prêt pour demain. À la charogne. Aux viscères qui s'éparpillent, lorsque Thorsten l'écrase d'un coup de pied. À sa voix, qui crie : « Il te tient ! » Et à ma question horrifiée : « Quoi ? Qu'est-ce qui me tient ? »

L'homme m'attrape par le col. Son visage est à quelques centimètres du mien. Je croise son regard, fixe et vitreux. Il plaque sa bouche sur la mienne. Sa langue tente de se frayer un chemin entre mes lèvres. Voyant que je suis pris d'un haut-le-cœur, l'homme me lâche et éclate de rire. Pourquoi rit-il ? Pourquoi l'ai-je laissé m'emmener ? Pourquoi n'ai-je pas crié ? Pourquoi ai-je écouté la voix qui me disait :

« Si tu t'enfuis, il va te rattraper et t'assommer à coups de pierre » ? Pourquoi l'ai-je attribuée à Dieu ? Et si le diable m'avait induit en erreur ? Comment pourrait-il en être autrement ? À moins que Dieu m'ait abandonné. Pourquoi m'en suis-je remis à Lui, alors que je ne L'ai jamais vu ? Le diable, lui, je le vois devant moi. Il a pris l'apparence de cet inconnu qui me serre, qui m'embrasse. Il ne me lâche plus, malgré mes haut-le-cœur. Sa langue s'enfonce de plus en plus profondément dans ma bouche, tandis qu'il tente de m'arracher mes vêtements. Là encore, je me défends, je gesticule, je donne des coups, en vain. Je suis trop petit, et il est trop grand. Je suis trop faible, et il est trop fort. Je suis un garçon de neuf ans, et lui, c'est le diable. Voilà ce que voulait dire Thorsten par son « Il te tient ! ». Il a lu mon destin dans la charogne. Je comprends que je suis maudit. De toute évidence, je n'ai aucune chance. Comment me défendre contre le diable ? Mes dernières forces m'abandonnent, je cesse de lutter. Je m'affaisse. L'espace de quelques secondes, l'inconnu semble surpris. Il décolle sa bouche de la mienne et me fixe de ses yeux vitreux.

— Ah, tu deviens raisonnable.

Et il me laisse tomber par terre.

Le journaliste m'explique que des recherches sans précédent ont été lancées après ma disparition. Il me montre quelques coupures de journaux. En lisant un des titres, « Qu'est devenu le petit Sacha ? », je ressens une fatigue intense. Bien que j'en sois à ma cinquième tasse de café depuis l'arrivée du journaliste, je peine à garder les yeux ouverts.

—Je vous laisse mes archives, dit-il, constatant que je suis à bout. Nous poursuivrons notre entretien plus tard.

Je suis trop épuisé pour répondre. Je ne suis pas sûr de vouloir lire tous ces articles. Je ne suis pas sûr non plus d'accepter de revoir le journaliste. Je m'entends dire que ça va, alors que non, rien ne va. Cela ne m'empêche pas de serrer la main du journaliste et de le raccompagner jusqu'à la porte. Nous décidons de reprendre contact par téléphone. Puis je me retrouve seul. Pris de panique, je verrouille la porte à double tour et vérifie que toutes les fenêtres sont bien fermées. Je contourne la table en prenant soin de ne pas poser les yeux sur les coupures de journaux, mais elles m'attirent comme un aimant.

Après les avoir ramassées délicatement, du bout des doigts je me dirige vers la commode et les dépose à leur place, dans le tiroir du bas. Comme ma mère, autrefois. Dans le buffet, tiroir du bas !

Je balaie l'appartement du regard. Hormis la tache de café sur la moquette, rien n'indique que ma vie est bouleversée, depuis deux heures. Pourtant, tout a changé. Un processus a été enclenché. J'ai l'impression d'être dans une zone d'avalanche. Le risque n'est pas négligeable. Mieux vaut avancer pas à pas. Il faut que je sois prudent et attentif. Le monde est dangereux. Le passé est dangereux.

Préférant ne pas réveiller l'eau qui dort, je m'assieds sur le canapé et allume la télévision. Je zappe sur des centaines de chaînes, d'abord par ordre croissant, puis par ordre décroissant. Mais je ne regarde pas, je n'écoute pas. Un match de football. Un jeu. Un film. Je m'arrête finalement sur une émission de téléachat. Une présentatrice est en train de vanter les mérites d'une batterie de cuisine. Je pourrais acheter quelques casseroles. Elles me seraient utiles, j'aime bien cuisiner. J'ai déjà toutes sortes d'ustensiles, mais pourquoi ne pas me payer un petit plaisir ?

— Appelez maintenant, dit la présentatrice.

C'est la première phrase qui parvient à mes oreilles. Il faudrait que j'aille chercher mon téléphone, mais je suis trop fatigué pour me lever. Je fumerais bien une cigarette, mais mon paquet est posé sur la table, et je suis trop fatigué pour me traîner jusque là-bas. Je pourrais jouer à la

Playstation, au lieu de m'abrutir devant des casseroles, mais la console n'est pas branchée. Je suis incapable de bouger. Le canapé et moi fusionnons, nous ne formons plus qu'un.

Le canapé me tient. Il me tient et ne me lâchera plus jamais.

L'homme m'embrasse à nouveau sur la bouche. Bien qu'il m'ait arraché mes vêtements, je ne sens pas le froid qui règne dans la caravane. Je ne sens plus rien. Non, c'est faux. Je le sens prendre ma main et la poser au niveau de son entrejambe. Il veut que je fasse quelque chose avec son pantalon, mais je ne comprends pas quoi. Il s'impatiente, il me crie dessus, mais le son de sa voix me parvient de très loin, étouffé. Finalement, il écarte ma main et ouvre sa braguette. Une fois qu'il a baissé son pantalon et son slip, il me force à approcher la tête de son sexe. Je ne connais pas encore ce terme. Mes copains et moi disons « zizi » en ricanant. Ici, personne ne ricane. Je vois l'homme saisir son sexe et le caresser rapidement. Il grossit. Je recommence à me débattre, alors que, quelques minutes auparavant, j'étais à bout de forces. L'homme a du mal à se faire obéir. Il me gifle une fois, deux fois, plusieurs fois, mais je réussis à tourner la tête. Lorsqu'il me lâche, je me dis qu'il a abandonné. Mais il me saisit de son autre main et me plaque si violemment sur le ventre que je n'arrive plus à respirer. Plus je lutte, plus il m'écrase. J'ai peur qu'il m'étouffe. Si je ne vois pas ce qu'il fait, je sens quelque chose contre mes fesses. Une douleur aussi soudaine qu'atroce me transperce de part en part, comme une décharge électrique. Je me raidis de la tête aux pieds et hurle. L'homme m'insulte. Profitant qu'il se redresse pour me frapper, je tente de m'éloigner en rampant. Mais il me ramène vers lui en me tirant par les cheveux. À nouveau, il m'écrase et essaie d'introduire quelque chose entre mes fesses. Comme il n'y arrive pas, il me retourne sur le dos. Il m'embrasse et saisit mon sexe. Sa main, qui bouge par à-coups d'avant en arrière, me fait très mal. Impossible de crier, car sa bouche est plaquée sur la mienne. Soudain, il m'agrippe la tête à deux mains et l'abaisse si rapidement que je n'ai pas le temps de me défendre. Je suis à nouveau face à son sexe. Il veut que je le prenne dans ma bouche, mais je serre les mâchoires. Alors, quelque chose jaillit de son sexe et m'éclabousse. L'homme gémit. Je suis tellement écœuré que je manque de vomir.

— T'avise pas de dégueuler, sinon ça va barder.

Puis il se lève et disparaît à l'arrière de la caravane. Je ne sais pas ce qu'il y a là-bas, et heureusement. Mais je ne vais pas tarder à le découvrir.

Je suis incapable de dire comment cette feuille de papier s'est retrouvée devant moi. À la télévision, on ne vante plus les mérites d'une batterie de cuisine, mais de bracelets, de bagues et de colliers. La présentatrice prévient qu'il faut appeler immédiatement pour bénéficier de l'offre temporaire sur la parure.

J'éteins la télévision. Une pile de journaux est posée à côté de moi, sur le canapé. Au-dessus, la même une que tout à l'heure : « Qu'est devenu le petit Sascha ? » Comment sont-ils arrivés jusqu'ici ? Je les avais pourtant cachés dans la commode, tiroir du bas. Je fixe la feuille de papier que j'ai sous les yeux et lis :

« Il m'a violé.

Il savait ce qu'il faisait.

Il l'avait vu dans des pornos.

Il s'appelait… »

Ces mots sont bien de moi. Je ne sais pas où j'ai trouvé la force nécessaire à aller chercher cette feuille de papier, à sortir ces journaux et à écrire ces mots. Mais j'y suis arrivé, et maintenant, je constate que je me suis même appliqué pour écrire. Pourtant, ces mots sont sales. Ils ne méritent pas tant d'efforts.

« Il m'a violé.
Il savait ce qu'il faisait.
Il l'avait vu dans des pornos.
Il s'appelait… »
Je n'ai pas oublié son nom.
Il ne me l'a jamais dit, je l'ai deviné tout seul dans un de ces moments qui m'ont sauvé la vie.
Il s'appelait…
Après avoir tracé un joli A, je repose le stylo. Je ne suis pas encore prêt à mettre ce nom noir sur blanc.

Je suis allongé. Les yeux grands ouverts, je réfléchis, je ressasse, je ressasse, je réfléchis. Je me demande ce que je fais là, où sont mes parents, pourquoi tout cela est arrivé, où sont mes parents, ce que je fais là, pourquoi tout cela est arrivé. À côté de moi, l'inconnu ronfle. La lumière du jour filtre à travers les planches qui condamnent la fenêtre.

Je viens de passer ma première nuit blanche.

Je sors de ma torpeur et essaie de me redresser, sans succès. Je suis perclus de douleur. J'ai mal à la tête, au visage. J'ai mal aux bras, à la poitrine, au dos, aux fesses, devant, là où il m'a touché. Aux jambes, aussi, et je me dis que je ne pourrai plus jamais tenir debout. Je suis couvert de bleus. Je n'ose plus bouger, apeuré, effrayé, tétanisé à l'idée que l'inconnu se réveille et recommence comme hier. Je ravale mes larmes. Ma gorge est douloureuse, comme la fois où j'ai été malade et que j'ai dû rester alité une semaine. Je meurs de soif. L'homme bouge. Il pue. J'essaie de m'éloigner, mais le lit n'est pas assez large. Il s'est emmitouflé dans une couverture qui sépare nos deux corps. Bien que toute crasseuse, elle a le mérite d'exister.

Soudain, je suis pris d'un doute : le diable dort-il vraiment ou fait-il semblant ? Je décide de retenter ma chance et de me redresser lentement. Je me mords les lèvres pour ne pas crier de douleur, car si le diable m'entend, il va se réveiller, m'empoigner et plaquer sa bouche dégoûtante sur la mienne. Je me déplace à la vitesse d'un escargot, centimètre par centimètre, jusqu'à ce que, appuyé sur mes avant-bras, j'aie une vue d'ensemble de la pièce. Entre les cartons, les vêtements déchirés – les miens – les boîtes de conserve vides, les bouteilles de bière et les vieilles chaussures, j'aperçois un couteau. Mais quelque chose ne va pas. La pièce danse devant mes yeux, la réalité devient illusion, et inversement. À l'exception du couteau. Il pourrait servir à couper du pain ou du saucisson. Et peut-être à poignarder un diable. Je ne pense plus qu'à cela. Cette idée paraît tellement normale qu'elle en devient effrayante. Il y a l'homme qui me torture, il y a la pièce dont je ne peux pas m'échapper, il y a le couteau. Je n'ai qu'à me lever discrètement, le saisir et…

Et…

Je n'ai aucune idée de la suite. Je vais devoir frapper fort. Où le coup de couteau sera-t-il le plus efficace ? Je me souviens de m'être blessé au doigt en voulant casser une noisette. Ce jour-là, j'ai beaucoup saigné. Cela suffira-t-il ? L'homme risque de le sentir. Il pansera sa plaie avec du sparadrap. Et ensuite ? Ensuite, il se vengera.

Cela ne fait aucun doute, il se vengera.

Car le diable finit toujours par se venger.

Mais ce couteau… Je ne le quitte plus des yeux. J'ai neuf ans, je suis beaucoup moins fort que l'homme, je ne fais pas le poids face à lui. Il n'a eu aucun mal à me plaquer au sol. Et quand je l'ai frappé, il s'est contenté d'éclater de rire. Il me reprendra le couteau et se vengera.

Cela ne fait aucun doute, il se vengera.

J'en suis incapable. J'abandonne. Le couteau se trouve à moins de deux mètres, mais je ne l'atteindrai jamais. Et en admettant que j'y arrive, je ne pourrai jamais poignarder l'homme. Non pas parce que je ne suis pas assez fort, mais parce que je n'ai aucune envie de blesser quelqu'un intentionnellement. Pas même le diable incarné.

Je sens quelque chose bouger. C'est l'homme, qui se retourne en grognant. Je me rallonge et fais semblant de dormir. Peut-être qu'il va me laisser tranquille. Peut-être qu'un miracle va se produire. Peut-être que si je m'endors, je me réveillerai à la maison. Alors, je comprendrai que ce n'était qu'un cauchemar, affreux, certes, mais un rêve, rien d'autre. C'est décidé, je me réveillerai dans mon lit. En ouvrant les yeux, je verrai le poster de la Porsche au-dessus de ma tête et les étagères où sont alignées mes figurines Maîtres de l'Univers. La porte s'ouvrira et ma mère me demandera ce que je veux pour le petit déjeuner. Je verserai peut-être quelques larmes à cause de ce cauchemar. Puis j'oublierai.

Je vais m'endormir, je vais me réveiller, et on n'en parlera plus.

L'homme s'assied. Il m'empoigne, colle sa bouche sur la mienne et enfonce sa langue dans ma gorge. D'une main, il me frotte le sexe. Le sien est gros et dur. Il me plaque sur le matelas et m'écrase.

Après avoir imploré Dieu de me venir en aide, c'est le noir total.

La feuille est posée devant moi, toujours avec ces trois phrases : « Il m'a violé », « Il savait ce qu'il faisait », « Il l'avait vu dans des pornos ». Et ces trois mots : « Il s'appelait… » Puis le A que j'ai tracé. Ma main semble fonctionner toute seule, sans que mon cerveau la commande. Au lieu d'écrire le nom en entier, elle dessine quelque chose. Un gros poisson à la gueule gigantesque et aux dents acérées. Je le reconnais. C'est un requin qui veut me dévorer.

Lorsque j'ai six ans, nous passons des vacances en famille à Calp, une station balnéaire espagnole. Nous allons tous les jours à la plage. Tout le monde est là : mon frère, mes sœurs, même Petra, l'aînée. Au cours du séjour, celle-ci cherche à me convaincre que Dieu existe et que rien ne Lui échappe, depuis le ciel.

—Peu importe ce que tu fais, Dieu le voit, m'assure-t-elle. Dieu le sait. Tu ne peux rien lui cacher.

Je suis persuadé qu'elle a raison. Dieu voit tout. Dieu sait tout. On ne peut rien Lui cacher. Il nous regarde depuis le ciel, qui commence à l'horizon, dessine une immense voûte au-dessus de ma tête et prend fin tout là-bas, dans l'arrière-pays. Sur le sable chaud, le nez en l'air, je tourne comme une toupie, de plus en plus vite, jusqu'à ce que j'aie la tête qui tourne et que je tombe en éclatant de rire. À mes pieds, la surface de l'eau brille comme un diamant. Soudain, une voix inconnue couvre le clapotis des vagues.

—Ne te laisse pas prendre au piège, dit-elle. La mer a ses dangers. Reste sur tes gardes.

Je regarde autour de moi, perplexe. Mon frère joue au ballon à quelques dizaines de mètres de là, près de mes parents, allongés confortablement sous le parasol. Aucun signe de ma sœur. Je suis seul.

—Bonjour. Tu es Dieu ?

Je tends l'oreille. Pas de réponse. Je me relève lentement et rejoins mes parents. Je m'amuse à marcher à reculons pour observer mes traces de pieds dans le sable. Je prends le matelas gonflable qui m'attend sous le parasol. L'eau n'est pas très profonde, je peux donc sans crainte m'éloigner du rivage. De toute façon, je suis bon nageur.

—Reste là où tu as pied, dit tout de même ma mère.

Je ne suis pas d'un naturel peureux. Tout ce que je veux, c'est me laisser bercer par les vagues. Je prends le matelas, m'installe sur le ventre et avance rapidement en pagayant avec les bras. Lorsque je tourne la tête, je remarque que je suis déjà loin. Comme je sens le soleil me brûler la peau, je me dis qu'il vaudrait peut-être mieux retourner vers le rivage. Mais alors que le courant me ramène doucement sur la plage, un aileron surgit hors de l'eau, à environ cinq mètres, et fonce dans ma direction, avant de disparaître. Quelques secondes plus tard, je sens quelque chose me heurter violemment. Tout près de moi s'ouvre une gueule aux dents acérées. Je hurle et glisse du matelas, que le requin attrape à pleines dents. Sous la violence des secousses, une chambre à air crève dans un bruit assourdissant. Pris de panique, je me débats dans l'écume. Je parviens finalement à me hisser sur le matelas, dont deux chambres à air sont encore intactes, et à m'éloigner en pagayant à toute vitesse avec les bras, comme si j'avais le diable à mes trousses. Je hurle à pleins poumons. Lorsque j'atteins enfin le rivage, mes parents courent à ma rencontre.

— Qu'est-ce qui se passe ? Qu'est-ce qui t'arrive ?

— Un requin ! Un requin ! Il veut me dévorer !

Ma mère soulève le matelas pour l'examiner. Il est déchiqueté sur toute la partie supérieure.

— Comment tu as fait ça ? Tu as heurté un rocher ?

— Pas un rocher, un requin ! Un requin énorme !

Je ne comprends pas comment mes parents peuvent rester aussi calmes alors qu'un monstre marin veut me dévorer. J'essaie de les prévenir, mais ma mère coupe court à mes explications.

— Tu délires. Tu as attrapé une insolation ?

Elle pose sa main sur mon front et se tourne vers mon père.

— Il est brûlant. Où est sa casquette ?

Je voudrais crier, leur dire qu'un rocher n'endommagerait pas un matelas gonflable à ce point ! Quelque chose me retient. Les adultes ne me croient pas. Dans leur monde, il n'y a pas de requins, du moins, pas à Calp, aussi ne dis-je rien. En revanche, je suis sûr d'une chose : une créature me guette, et elle finira un jour par m'attraper.

Je souris malgré moi en regardant le requin que j'ai gribouillé. À l'époque, j'avais vraiment cru que... Quoique... C'était vrai, non ? Pourquoi n'y ai-je plus pensé depuis ? Et pourquoi ce souvenir ressurgit-il après qu'un journaliste est venu me parler de l'enlèvement ? Il faudrait vraiment que je consigne tout par écrit. Que je retrousse mes manches et que je couche mon histoire sur le papier. Les souvenirs aiment jouer à cache-cache. Les retranscrire, c'est les contrôler. Mais une part de moi hésite. À quoi bon ? Pourquoi se donner tant de mal ? Un requin a déchiqueté mon matelas gonflable alors que je flottais sur une mer d'huile ? La belle affaire ! Allez, hop, dans le tiroir. Mais ce n'est pas si simple. Maintenant que ce tiroir a été ouvert du jour au lendemain, il ne se laissera pas refermer aussi facilement. Il faut que je sache s'il y a des requins en Méditerranée. Je trouverai la réponse sur Google. Je vais dans ma chambre, allume mon ordinateur portable et entre « attaque de requins + Méditerranée » dans le moteur de recherche. Les résultats s'affichent quelques secondes plus tard : depuis 1878, cent vingt-trois requins ont été aperçus en Méditerranée, et on recense huit attaques depuis 1958. Une phrase me saute aux yeux : « Il y a plus de risques d'être frappé par la foudre que d'être attaqué par un requin. »

Il y a également plus de risques d'être frappé par la foudre que d'être enlevé à neuf ans. La probabilité est beaucoup plus élevée. Et pourtant, cela m'est arrivé.

Comme je suis installé, je pourrais en profiter pour écrire, pensé-je. Mais la part de moi qui hésite se manifeste à nouveau. Allons bon, je peux passer un temps fou devant l'ordinateur sans jamais rien faire de productif. Même quand je n'arrive pas à fermer l'œil et que je me retrouve sur Facebook à 3, 4 ou 5 heures du matin, je ne tape pas un seul mot. Je devrais plutôt allumer la télévision. M'acheter une batterie de cuisine. Me payer un petit plaisir. Et oublier tout ça.

Contre toute attente, le requin, le scepticisme de mes parents et le sentiment d'un danger imminent finissent par l'emporter. J'ouvre un nouveau document Word, que j'intitule sobrement : « Souvenirs ». Et je commence à écrire : « Lorsque j'ai six ans, nous passons des vacances en famille à Calp, une station balnéaire espagnole... »

J'émerge d'un profond sommeil. À moins que je me sois évanoui ? Peu importe, car le résultat est le même. Je ne me réveille pas dans mon lit, ce n'est pas un cauchemar. Je me trouve toujours dans la caravane, nu, l'inconnu est là aussi, je meurs de faim et de soif, il fait froid, autour de moi, tout est sale. L'homme, voyant que je suis réveillé, approche et ouvre sa braguette. Il m'oblige à caresser son sexe, à le mettre dans ma bouche. Il s'obstine à essayer de l'enfoncer dans mon anus. Je me laisse faire sans broncher. Je verse quelques larmes, même si elles risquent de renforcer l'homme dans son sentiment de toute-puissance. Je ne peux plus lutter. J'ai essayé, et j'ai perdu. L'homme est plus grand, plus costaud que moi, il me tient. Il me tient, et il ne me lâchera pas. Je resterai ici jusqu'à mon dernier souffle. Mes parents m'ont oublié depuis longtemps. Ils doivent être en train de plaisanter, assis dans le salon. Je ne sais pas pourquoi j'ai cette image bien précise, mais je les vois devant moi : mon père, confortablement installé sur le canapé, et ma mère, assise devant la table. Ils se racontent des histoires drôles.

— C'est M. Dupont qui achète une pizza à emporter, dit mon père. Le vendeur lui demande : « Je vous la coupe en huit ou en douze parts ? » M. Dupont répond : « En huit : je ne pourrai jamais manger douze parts ! »

Ma mère rit tellement qu'elle manque de tomber à la renverse.

— Comment fait-on pour caser quatre éléphants dans une Coccinelle ? renchérit-elle. Facile : deux à l'avant, deux à l'arrière.

Et mon père de s'esclaffer.

En imaginant la scène, je ne peux m'empêcher de pleurer. L'homme le remarque et vocifère, ce qui m'effraie encore plus. La peur me donne envie d'uriner.

— Pisse là-dedans, m'ordonne-t-il en me tendant une boîte de conserve vide.

Planté à côté de moi, il se touche le sexe.

— Mets-le dans ta bouche, sinon gare à toi.

C'est tout ce qu'il sait dire. Il ne jure que par la menace.

— Arrête de pleurnicher, sinon je te frappe.

— Caresse-moi, sinon je t'en colle une.

Il tient parole. Il m'en colle une. Une deuxième, puis une troisième.

— Ne confonds pas les claques et les applaudissements.

J'ai du mal à y croire, mais d'après ma montre, j'ai passé la journée à dormir. Dire que d'habitude, je ne dors que deux ou trois heures par nuit, pour ensuite me lever, tourner en rond, traîner sur Internet, regarder par la fenêtre, jouer à la Playstation ou lire dans la cuisine ! La Bible est l'un de mes livres de chevet. Je l'ai déjà lue trois fois. Récemment, j'ai commencé le Coran. Je suis fasciné par les paraboles sur le bien et le mal, le péché et l'expiation, le crime et le pardon. L'enlèvement m'a éveillé à la foi, et ma sœur Petra, à la religion. Mon père et ma mère étant respectivement protestant et catholique, ils se sont mis d'accord pour ne pas m'influencer. Je n'étais donc pas baptisé, lorsque j'ai commencé les cours de religion à l'école. On m'a demandé laquelle je voulais étudier, et j'ai choisi le protestantisme. Je posais beaucoup de questions. Qu'est-ce que la Terre sainte ? Qu'est-ce que Jérusalem a de si particulier ? Pourquoi tout le monde se dispute cette ville ? Les réponses que l'on me donnait me satisfaisaient rarement. J'ai fini par me dire que je comprendrais par moi-même. Un jour, j'irai visiter Jérusalem.

Sous la douche, j'oublie Jérusalem et la religion. En allant dans la cuisine pour me préparer un café, je jette un coup d'œil à l'ordinateur. Le document Word est toujours ouvert. Il est écrit : « Lorsque j'ai six ans, nous passons des vacances en famille à Calp, une station balnéaire espagnole. Nous allons tous les jours à la plage. Tout le monde est là : mon frère, mes sœurs, même Petra, l'aînée. Au cours du séjour, celle-ci cherche à me convaincre que Dieu existe et que rien ne Lui échappe, depuis le ciel. »

Voilà pourquoi je pense aussi souvent à la religion, à la Terre sainte et à Jérusalem ! Mais je devrais aussi me préoccuper de l'avenir. On attend ma réponse, à l'hôtel-restaurant de Kaprun. Je serais fou de ne pas accepter.

— C'est une offre qui ne se refuse pas, dis-je tout haut.

Je sursaute au son de ma propre voix. D'habitude, le silence ne me pèse pas. Aujourd'hui, si. Je me dépêche d'allumer la radio. L'animateur annonce des embouteillages aux abords de Francfort, Wiesbaden et Mayence. J'aime ce genre d'informations, qui m'aident à me concentrer sur le présent et à penser à l'avenir, au lieu de rester prisonnier du passé. Je relis la lettre que m'a envoyée l'hôtel. On me propose un contrat saisonnier de chef de rang. J'ai travaillé dans beaucoup d'endroits différents, mais je ne connais pas encore Kaprun. D'après certains de mes collègues, cette station ouverte toute l'année jouit d'une excellente réputation. Avec deux millions de nuitées par an, ce n'est pas le travail qui manque. On peut skier, suivre une cure thermale ou visiter le parc national. Sans oublier les lacs, où je suis sûr de ne pas croiser de requins, me dis-je à moitié pour rire, à moitié sérieusement. Décidément, le passé semble vouloir s'imposer au premier plan. Raison de plus pour prendre le taureau par les cornes. Je saisis un stylo et appose ma signature au bas du contrat de travail. Lu et approuvé. Sascha Buzmann.

— Encore ? Arrête avec ça ! C'est fini, pigé ? Fini !

Mais je suis dans l'erreur, je le sais. Ça ne fait que commencer. Lorsque, peu après, le téléphone sonne et que j'entends la voix du journaliste, je suis presque soulagé. Finalement, je préfère quand il est là pour me poser des questions. Je lui dis qu'il peut passer dès qu'il le souhaite. Après avoir autant dormi, je ne risque pas de tomber de fatigue. En bref, je suis paré.

Le journaliste arrive avec des centaines de questions. En tout cas, c'est mon impression. Je réponds dans la mesure du possible. Parfois, je ne me souviens pas. Parfois, il aborde des sujets dont je n'ai pas envie de parler. Parfois, je me dis que ma mémoire n'est qu'un immense trou noir.

Mon interlocuteur, lui, est stupéfait par ma précision. Après avoir lu ce que j'ai écrit, il me félicite. Puis il me demande si je me sens capable de retourner sur le terrain vague en compagnie d'un photographe.

— Je vous l'ai dit, je suis paré. Même à ça.

Je réponds d'une voix affirmée. Pourtant, je ne suis sûr de rien. Je ne suis jamais retourné là-bas. Ni quand j'étais petit, ni depuis que je suis adulte. À quoi bon ? Enfin, là, j'ai une raison : le journaliste veut prendre des photos. Elles illustreront son article pour le magazine.

— Quand est-ce qu'on se met en route ?

Je pose cette question comme si nous allions voir un film ou boire un verre au café du coin. Dans mon entourage, on s'accorde à dire que je suis toujours enjoué, toujours poli, toujours avenant, toujours attentionné, toujours aimable. Quelqu'un veut me prendre en photo ? Pas de problème. À l'endroit où on m'a infligé les pires sévices ? Bien sûr, quand est-ce qu'on se met en route ? Personne ne se doute de l'angoisse qui me ronge. Personne ne sait comment je vais vraiment. Parce que je m'y refuse. Je refuse qu'on me dise : « Mon pauvre ! Tu en as subi, des choses ! » Je me suis donc construit une carapace toute en bonne humeur, en politesse et en amabilité.

Mais une carapace tout de même.

— Pourquoi pas tout de suite ? suggère le journaliste. Un de mes collègues photographes est en ville, on pourrait le rejoindre là-bas.

Je me ressaisis. J'avais oublié, l'espace de quelques secondes, que je recevais quelqu'un chez moi.

— Je vais chercher mon manteau. Et par ce froid, une paire de gants ne sera pas du luxe, dis-je en me levant, à nouveau poli et avenant.

Nous roulons durant vingt minutes. Vingt minutes qui, pour moi, durent une éternité, mais le journaliste ne semble pas le remarquer. Peut-être que si, car il me regarde à intervalles réguliers. Il dit qu'il connaît le chemin. Pourquoi ne suis-je pas surpris ? Évidemment, il est déjà retourné là-bas, puisqu'il est journaliste. Il s'est préparé. Il connaît mon histoire mieux que moi.

La caravane était garée à Cassel. Jadis, les habitants de Mayence voulaient contrôler les deux rives du Rhin. Pour cela, ils ont construit, sur la rive droite, un avant-poste, *castellum*. Le nom est resté. J'ai donc été enlevé à Wiesbaden, mais séquestré dans une ancienne enclave de Mayence.

Je me distrais en me remémorant l'histoire de la région. C'est comme aller chez le dentiste pour se faire dévitaliser une molaire. On sait pertinemment qu'on va souffrir. Dans ces cas-là, mieux vaut penser à autre chose. En l'occurrence, Mayence, Wiesbaden. Wiesbaden, Mayence.

Je me sens étonnamment léger, lorsque nous quittons une route très fréquentée pour emprunter un chemin de terre. Aujourd'hui, grâce au GPS, on ne se perd plus, on n'erre plus à travers champs, on sait où se trouve Hochheim. On monte en voiture, on allume le moteur et on y est. Difficile de penser à autre chose, maintenant. Mais je reste enjoué, poli et aimable.

— On est arrivés, dis-je en ouvrant la portière.

Lorsque je descends de voiture, le photographe vient à notre rencontre. Le journaliste nous présente. Nous nous serrons la main. Plus je m'éloigne de la voiture, plus j'ai l'impression de quitter la sécurité de la plage et de plonger en eaux profondes. Où, je le sais, des requins me guettent.

Devant moi, un terrain vague où sont éparpillés des caisses, de la ferraille, des sacs-poubelle et les restes d'une clôture. De la clôture. J'entends une voix dire :

— Les barbelés font tout le tour. Tu ne peux pas t'échapper.

Elle résonne pour moi seul.

— Vous reconnaissez les lieux ? me demande le journaliste.

— La caravane était garée ici, réponds-je.

Ce n'est pas difficile à deviner, il suffit de regarder les objets carbonisés. Un reste de pneu, une partie d'essieu.

— Il n'y a plus grand-chose.

Pendant que le photographe prend quelques clichés, le journaliste veut savoir si je suis déçu.

— Oui, un peu. Je m'attendais à plus.

Il le dira dans l'article. Sur une photo, on me voit au milieu des fourrés et des buissons. Elle est des plus ordinaires. Je porte un jean bleu, une veste de cuir et des gants en feutre noir. Dessous, cette légende : « Je m'attendais à plus. »

Je vais devoir attendre avant de comprendre qu'en réalité, ce jour-là, je ne m'attendais à rien. Pas même à découvrir des vestiges du passé. Même si je n'étais jamais retourné au terrain vague, je savais qu'il n'y avait plus rien à voir. Dans cet article et dans d'autres à paraître, on lira que la caravane a été brûlée par des voisins furieux. Ce n'est pas tout à fait exact. Les incendiaires étaient des amis que je côtoyais à une époque où tout le monde savait que j'étais différent. Le journaliste écrira que j'ai rebondi pour mieux m'enfoncer. Que je me suis drogué, que j'ai été arrêté pour conduite sous l'emprise de stupéfiants, que je suis privé de permis depuis plusieurs années. Il mentionnera mes échecs répétés avec les femmes, que je choisis souvent plus âgées.

C'est vrai, je m'attendais à plus. Avant toute chose, le journaliste a contribué à ouvrir le coffre-fort de ma mémoire. Il l'a entrebâillé, et ce qu'il a vu lui a suffi pour son article. Peut-être aurais-je dû, moi aussi, en rester là et garder mes souvenirs sous clé pour toujours.

Mais il en sera autrement.

Car, dans ma vie, rien ne se passe jamais comme prévu.

Lorsque le photographe a terminé son travail, nous remontons en voiture. Sur le chemin du retour, le journaliste m'annonce qu'il a assez d'éléments à sa disposition pour rédiger son article. Toutefois, il aimerait pouvoir me rappeler, si d'autres questions lui viennent.

— Bien sûr, réponds-je. N'hésitez pas.

Je suis soulagé, car la douleur causée par la fraise du dentiste a été moins forte que prévu.

Une fois rentré, je ressens le besoin de m'activer. Il est temps de plier bagage ! Il est temps de partir pour Kaprun ! Il est temps de se réfugier dans le travail et de se concentrer sur le présent ! Mais alors que je suis arrivé en Autriche depuis une toute petite semaine, le journaliste me rappelle.

— Vous avez d'autres questions ? En quoi puis-je vous être utile ?

Comme à mon habitude, je me montre enjoué, poli, avenant, attentionné et aimable. Après tout, je suis Sascha Buzmann, le petit garçon qui signe en s'appliquant.

Le journaliste m'annonce que l'article va bientôt paraître. Puis il ajoute qu'une de ses collègues, qui s'intéresse beaucoup à l'affaire, aimerait tourner un reportage. Il veut savoir ce que j'en pense.

J'ai vue sur le sommet enneigé du Kitzsteinhorn et, au loin, sur le lac de Wasserfallboden. Il y a peut-être des requins, finalement. Maintenant que le journaliste a entrebâillé la porte du coffre, il me demande si je n'ai pas envie de l'ouvrir en grand. Depuis le jour où j'ai écrit sur l'incident de Calp, je n'ai plus touché à mon document Word. J'étais certain de ne pas avoir à le faire. Or, justement, rien n'est jamais certain.

Je sombre dans la léthargie. Ce n'est plus vraiment la vie, et ce n'est pas encore la mort. Tout est brouillé : les couleurs, les sons, la température, la faim, la soif. Le diable. Sa violence. Sa voix. Il accepte de me donner à boire, mais pas à manger. Parfois, je pleure, mais là encore, je ne m'en rends presque pas compte. Je ne sais pas depuis combien de temps le diable me retient prisonnier. J'ai vu le jour se lever plusieurs fois, peut-être cinq, peut-être plus. Parfois, le diable sort de la caravane, mais jamais bien longtemps, quelques minutes, maximum. Et puis, il parle plus souvent tout seul qu'avec moi. Il lui arrive de crier, mais je l'entends à peine. Entre le moment où les coups pleuvent et celui où je commence à ressentir la douleur, il y a un temps de latence. L'homme essaie sans arrêt de faire je ne sais quoi avec son sexe. Il veut ci, il veut ça, mais tout me semble étouffé, lointain, même quand il me retourne sur le ventre et s'allonge sur moi. Un jour, il arrive à me pénétrer. J'ai mal, même si je me sens très loin d'ici. Je saigne, mais il s'en fiche. Il parle tout seul. Il jure. Il boit de l'alcool. Il pue. Il dort. Il ronfle. Il baisse son pantalon. Sort son sexe.

Le met dans ma main. Dans ma bouche. Allonge-toi sur le ventre. Arrête ta comédie. Chiale pas, sinon gare à toi. Sinon, sinon. Ça claque. Ce ne sont pas des applaudissements.

Je vis dans un monde de plus en plus flou, qui perd toutes ses couleurs. Désormais, je ne vois plus qu'en noir et blanc. Mes parents ont disparu, plus personne ne raconte d'histoires drôles. Je sais que je vais mourir. Je sais que je n'en ai plus pour très longtemps. Le diable le sent aussi. Il pense pouvoir me retenir en me frappant plus fort, en me pénétrant plus profondément. C'est tout le contraire qui se passe. Je sombre inexorablement dans les ténèbres.

Un jour, il sort de la caravane. L'air froid qui souffle sur ma peau nue me ramène quelques instants à la réalité. Puis il réapparaît devant moi, une botte d'oignons à la main.

— On va manger ça, dit-il.

Ce n'est pas la première fois que je le vois s'affairer devant le poêle. Aujourd'hui, il réussit à l'allumer. Au bout de quelques minutes, j'ai un peu plus chaud. Le poêle produit une épaisse fumée, mais peu importe. L'homme pose les oignons dessus, tels quels. En entier. Sans les éplucher. Le poêle siffle et menace de s'éteindre. Tandis que l'homme continue à alimenter le feu, deux mondes s'affrontent en moi. D'un côté, un monde plongé dans l'ombre, calme, paisible. Une voix m'invite à l'y rejoindre. Elle m'assure qu'ensuite, tout ira bien. De l'autre, un monde qui n'a que des oignons à m'offrir, et je déteste ça. Je ne boude jamais rien de ce que ma mère prépare à manger, hormis les oignons. Pour la première fois depuis longtemps, elle apparaît devant moi. Peut-être que si je pense à elle, les oignons auront meilleur goût. Même s'ils sont brûlés à l'extérieur et crus à l'intérieur. Même si je dois les dévorer avec la peau.

Contre toute attente, je les mange sans que l'homme ait besoin de recourir à la menace. Les oignons sont excellents. Je me serais volontiers resservi, dommage qu'il n'y en ait plus. Quelques minutes plus tard, j'ai très mal au ventre et demande à aller aux toilettes de toute urgence. Or, la caravane n'est équipée ni de sanitaires, ni de douche, ni même d'un lavabo digne de ce nom. Le point positif, c'est que l'homme me dit de me soulager dehors. Il me prend par le bras, là où j'ai de nombreux bleus. Je le suis en trébuchant, et nous sortons de la caravane.

Nous sortons de la caravane !

Il y a quelques instants, j'ai cru que j'allais mourir, et me voilà dehors !

Je savoure l'air glacial. Le sol est boueux, recouvert de neige fondue, mais je n'ai jamais rien vu d'aussi beau. L'homme me pousse vers le cabanon attenant à la caravane.

— Va chier là-dedans.

J'essaie, en vain. Malgré les crampes d'estomac. En me voyant plié en deux, l'homme me regarde et dit :

— Tu vas t'y habituer.

Oui, je suis enjoué, poli, avenant, attentionné et aimable. Autant de qualités qui font de moi un bon chef de rang. Mes employeurs m'apprécient parce que j'aime mon travail, et mes clients, parce que j'anticipe au mieux leurs besoins. Ma meilleure récompense, c'est d'entendre : « Nous reviendrons. » Je me prends à rêver qu'un jour, ils viendront manger dans mon propre restaurant. Je l'imagine situé en ville, sur une place animée, peut-être à Francfort ou à Wiesbaden. Des badauds s'arrêteraient devant et diraient : « Ça a l'air sympathique. On entre ? » À l'intérieur, tout serait impeccable. Les tables seraient dressées par mes soins, avec les plus belles nappes et les plus belles serviettes. Je jouerais sur la luminosité en agençant les tables par rapport à la grande baie vitrée. Le secret d'une atmosphère conviviale réside dans les petits détails et, justement, je suis particulièrement maniaque. Je tiens à ce que mes clients deviennent des amis. C'est ce que j'ai retenu de mon passage au Hyatt et au Sheraton, entre autres.

En lisant mon *curriculum vitae*, on remarque deux particularités. Premièrement, je travaille dans les meilleurs établissements. Deuxièmement, je ne reste jamais plus de quelques mois au même endroit, ce qui semble aller de soi, quand on est saisonnier. Nombreux sont mes collègues à mener une vie de nomade et à travailler partout dans le monde, tantôt dans un pays, tantôt dans un autre. Mais moi, si je change sans cesse, ce n'est pas pour découvrir le monde. J'ai soif d'apprendre, et dès que je commence à m'ennuyer, je plie bagage. La flexibilité a ses avantages. L'inconvénient, c'est que je reste un subordonné. Peu importe le poste que j'occupe, il y a toujours quelqu'un pour me dire quoi faire. Pour me donner des ordres. Pour tout savoir mieux que moi. Je ne supporte pas la pression. C'est d'autant plus problématique, que, dans ce milieu, la tension peut monter très vite.

Les horaires contraignants, la fatigue, je peux m'en accommoder. C'est la menace que je ne tolère en aucun cas. Question de principe.

Il suffit qu'un supérieur me dise : « Monsieur Buzmann, obéissez, vous n'avez pas le choix » pour que je démissionne.

Avant de trouver cette place à Kaprun, je travaille dans un hôtel de Weissach, dans la région de Stuttgart. On y construit la voiture de sport que j'avais en poster dans ma chambre, quand j'étais petit. Les clients de l'hôtel ont leurs exigences, mais ils sont satisfaits de mon travail, et moi aussi. Je n'ai pas à me plaindre, il y a pire que Weissach. On trouve toujours pire, au hasard, une caravane garée à Cassel, sur un terrain vague. Je suis également content du salaire et des collègues. Même de mon supérieur. Tout va donc pour le mieux dans le meilleur des mondes. Jusqu'au jour où mon supérieur me dit :

— Monsieur Buzmann, obéissez, sinon je demanderai au patron de vous convoquer.

Cela ne m'effraie pas outre mesure. Connaissant le patron, je sais qu'il prendra mon parti. Mais cette formule me fait sortir de mes gonds, et je démissionne. Mes collègues désapprouvent. Je comprends leur étonnement devant la réaction épidermique du Sascha Buzmann tel qu'ils croient le connaître, toujours enjoué, toujours poli, toujours avenant, toujours attentionné, toujours aimable.

Ils ne savent pas ce qui se cache derrière ce sourire de façade.

Et me voici à Kaprun. Ici non plus, je n'ai pas à me plaindre. Il y a pire. Le lac de Wasserfallboden n'est pas infesté de requins – du moins, je n'en ai pas vu – je suis mieux rémunéré qu'en Allemagne, et, pour l'instant, aucun de mes supérieurs n'a eu recours à la menace. Je travaille tellement dur que je pense à peine au passé. Au contraire, je suis tourné vers l'avenir, mon restaurant, mon installation à Francfort, à Wiesbaden ou ailleurs. J'accueille la publication de l'article avec indifférence. Bien sûr, le magazine est vendu à Kaprun, et certains de mes collègues tombent dessus par hasard. Ils me demandent confirmation, mais sans insister outre mesure.

— Dis-moi, c'est bien de toi qu'il s'agit ?

Oui, il s'agit bien de moi. Oui, il s'agit de mon passé.

Mais, aujourd'hui, je m'efforce à la fois de vivre dans le présent et d'échafauder des projets d'avenir.

Voilà ce que j'aimerais répondre. Or ce n'est pas le cas. Je suis aimable, tant qu'on ne vient pas me chercher des noises. Concernant les collègues, aucun risque. Ils sont vraiment touchés par mon histoire et me trouvent courageux d'en parler aussi ouvertement. Je me souviens alors pourquoi j'ai accepté l'interview. Parce que le monde est dangereux, parce que la plupart des parents ne s'attendent pas à ce qu'un jour, leur enfant soit victime d'enlèvement, de séquestration et de viol. J'avais perdu de vue cet aspect, mais en voyant l'émotion de certains de mes collègues, je me dis que l'article contribuera peut-être à faire évoluer les mentalités. Si, à compter d'aujourd'hui, une poignée de parents surveillent leurs enfants d'un peu plus près, si quelques adultes sont un peu plus sur le qui-vive, ma démarche n'aura pas été vaine. Entre deux dressages de tables, deux rangements de vaisselle, un « Bienvenue dans notre établissement » et un « J'espère que vous avez passé une bonne soirée, au plaisir », je réfléchis et conclus que j'ai pris la bonne décision. Je ne regrette pas d'avoir confié au journaliste cette partie de l'histoire que j'étais le seul à connaître.

Seulement, une deuxième chose m'est sortie de la tête : le reportage que voudrait tourner sa collègue. À la fin de mon service, alors que je fume ma première cigarette de la soirée, la sonnerie de mon portable retentit. C'est elle. La question se pose à nouveau : dois-je accepter ou refuser ? Si j'accepte, je cours le risque de me confronter à mon passé.

Et à moi-même.

Du haut de mes neuf ans, je sais que Dieu me laisse le choix. Si je le souhaite, je peux rejoindre le monde des ténèbres. Sinon, il y a le monde des oignons, du diable incarné, de la souffrance, du froid, de la faim et de la soif. Et du sexe. Tous deux sont prêts à m'accueillir. Pourquoi ai-je autant de mal à me décider ? Pourquoi ai-je autant de réticence à me laisser simplement glisser vers les ténèbres ? Une part de moi résiste. Le monde des oignons ne comporte rien qui m'attire, excepté une chose.

Excepté l'espoir.

Cette part de moi continue à croire qu'il s'agit d'un cauchemar ; que je vais me réveiller à la maison, chez mes parents, mes sœurs et mon frère ; que je vais retourner à l'école, fêter mon anniversaire et recevoir des cadeaux. Je pleure, rien que d'y penser.

Un jour, une forme élancée aux contours nets apparaît dans la caravane. Elle rayonne, sans pour autant m'aveugler, contrairement à la lumière du soleil. Je n'ai pas à fermer les yeux. La voix que j'ai déjà entendue, une fois à Calp et une fois dans les champs, résonne à nouveau.

— Arrête de pleurer.

À la fois aiguë et grave, elle n'existe que dans ma tête.

Je lui dis que je ne peux pas, que c'est comme ça. Que l'homme me laissera peut-être partir, si je pleure.

— Au contraire, répond la voix, tes larmes le rendent plus fort, elles lui donnent du pouvoir.

— Tu es un ange ? demandé-je entre deux sanglots.

— Je suis tout.

La forme approche et me touche. Ma peau scintille. Un sentiment étrange, indescriptible m'envahit. J'arrête immédiatement de pleurer.

— Tu vas devoir grandir et te comporter en adulte.

— Mais je ne sais pas si j'en serai capable.

— Si. Tu vas y arriver.

La lumière disparaît peu à peu, comme si je fermais les yeux. D'ailleurs, c'est peut-être ce que je fais. Puis je reviens à moi. Seul, dans un lit. Pas chez moi, mais dans la caravane. Je me lève.

— Bonjour, dis-je à l'homme, qui se tient près du poêle.

Il se retourne et me regarde quelques secondes de ses yeux fixes et vitreux. Manifestement, j'ai provoqué une réaction. Il met du temps à répondre.

— Qu'est-ce qui se passe ? Tu as arrêté de chialer ?

2

LA SURVIE

Je reste sur mes gardes. L'homme semble encore plus perturbé, et c'est ce simple mot, « bonjour », qui a provoqué ce changement.

Comment aurais-je pu deviner que personne ne lui avait jamais dit bonjour ? Comment aurais-je pu deviner que les pleurs d'un enfant déclenchaient chez lui une frustration telle qu'il devait se défouler en frappant ? Je ne pouvais pas le savoir, du haut de mes neuf ans. Mais j'ai fini par le sentir. L'ange qui est apparu dans la caravane – pour moi, cela ne fait aucun doute, c'était bien un ange – m'a confié une mission. Mais comment devenir adulte, quand on a neuf ans ? Comment mûrir du jour au lendemain ? Comment grandir, quand on mesure un mètre trente-trois et qu'on est violé tous les jours ? La réponse n'est pas dans les livres. Cela ne s'apprend pas à l'école. Aucun professeur ne peut me conseiller. La clé est en moi, ce moi conscient que ma survie en dépend.

Par où commencer ? Je repense à ce que mon institutrice me dit quand je me trompe. « Réfléchis bien. » Mes parents aussi préconisent de réfléchir d'abord et d'agir ensuite. C'est ça, le secret ? Suis-je capable de raisonner comme un adulte ? Je n'ai pas réfléchi, avant de dire bonjour. C'était spontané. Et nécessaire, je l'ai senti. Je ne crois pas que la réflexion pure me permettra de sortir vivant d'ici. Or, c'est ce que je veux, à tout prix. Plus que tout. Je veux vivre, et non mourir. Je me le répète dix fois, cent fois, mille fois par jour. Je m'adresse à Dieu et à l'ange : « Faites que je ne meure pas ! Faites que je vive ! » Et, parfois, j'ai l'impression qu'on me répond, dans un faible écho : « Si tu y crois vraiment, tu y arriveras. »

Ai-je bien compris ? Dieu a-t-Il décidé de me mettre à l'épreuve ? Dans ma tête, les mêmes questions reviennent en boucle. Pourquoi moi ? Suis-je différent ? Est-ce pour cela que j'ai été enlevé ? Pourquoi cet homme m'a-t-il choisi ?

Ce dernier continue à me fixer.

— Tu as arrêté de chialer, répète-t-il, comme s'il venait d'assister à un miracle.

— Oui. J'ai arrêté de chialer.

Je parviens à me lever, malgré la douleur. Je ne montre pas que j'ai mal. Arrêter de pleurer ! Devenir adulte ! Je ne me suis pas mis debout une seule fois depuis mon arrivée ici, car l'homme m'en empêchait. À présent, il me regarde, planté devant le poêle, l'air perplexe. À mesure que j'avance en titubant, j'ai l'impression de découvrir l'intérieur de la caravane. C'est presque le cas, d'ailleurs. Je longe une table bancale qui disparaît sous une montagne de papiers. Ce sont des lettres, des factures. À la maison, elles traînent sur la table basse du salon, jusqu'à ce que mon père se décide à les classer. Ici, rien n'est rangé. Tout est posé en vrac par terre et sur la table. Je jette un coup d'œil à l'en-tête des factures et lis un nom. Toujours le même. Le nom de l'homme. Le nom de mon ravisseur. Le nom du diable.

Le diable s'appelle Adam Geist.

Sur le moment, l'ironie m'échappe. Je suis trop petit pour faire le rapprochement entre le prénom du diable et celui du premier pécheur. Je ne remarque pas non plus que son nom de famille suffit à le définir[1].

Je ne pense rien, je ne sais rien. Je me contente de ressentir.

— C'est vous, Adam Geist ? C'est votre nom ?

Cette fois encore, l'homme réagit bizarrement. Il reste muet. Pourtant, d'habitude, il peut passer de longs moments à parler tout seul et à jurer. Peut-être que je me suis trompé. Peut-être qu'il ne s'appelle pas Adam Geist. Peut-être qu'il se demande qui est cet Adam Geist dont le courrier encombre sa table.

Non, il s'agit d'autre chose, mais je n'arrive pas à savoir quoi. C'est comme mon « Bonjour ». La dernière fois que quelqu'un a prononcé son nom remonte à longtemps, très longtemps. Il doit d'abord fouiller dans ses vieux souvenirs.

L'homme esquisse même un sourire. Ou plutôt, sa bouche tressaille légèrement. Une première aussi. Jusqu'à présent, dans la caravane, je n'ai connu que les coups, le sexe et les oignons brûlés... Et soudain, un sourire. L'homme inspire profondément.

— Tu peux m'appeler Adi. Oui, Adi, c'est bien.

1. « Geist » signifie « spectre » en allemand. *(N.d.T.)*

La femme à qui je parle au téléphone est sympathique, comme tous les journalistes qui, du jour au lendemain, s'intéressent à mon histoire. Lorsque je lui confie que j'hésite à passer à la télévision, elle se montre très compréhensive. Les journalistes sont toujours compréhensifs. Mais ils ont aussi une idée bien précise en tête, et cette femme tient à son reportage. Elle me l'explique dans les grandes lignes et précise les sujets qu'elle souhaiterait aborder. Comme pour l'article, je serai interviewé. Mais je vais devoir me laisser filmer. Ce serait une première, pour moi, et j'ai peur de ne pas être à la hauteur. La réalisatrice me rassure. Nous pourrons effectuer autant de prises que nécessaire.

Je précise que je me trouve à Kaprun. Ce n'est pas un problème, répond-elle. L'équipe viendra sur place, et si mes supérieurs n'y voient pas d'inconvénient, des scènes seront tournées à l'hôtel-restaurant, afin de capturer quelques instants de ma vie normale.

Il y a quelques semaines, je n'aurais pas relevé cette expression, « ma vie normale ». Mais maintenant que le coffre-fort de mes souvenirs est ouvert, ou plutôt, entrebâillé, je perçois les choses différemment. Ma vie n'a rien de normal, et c'est la raison pour laquelle elle intéresse tant les journalistes et les équipes de tournage. Pourtant, ils prétendent le contraire. L'être humain est ainsi fait. Tout en contradictions.

— Je peux en parler à mon patron.

— Je peux donc compter sur vous ?

Vais-je céder ? Ai-je réellement envie de me souvenir ? Ma cigarette me brûle presque les doigts. Je la jette d'une pichenette.

— Oui. Oui, vous pouvez compter sur moi.

Parfois, je me surprends moi-même.

— Adi, j'ai faim, mais je ne veux plus manger d'oignons.

Il m'aura fallu peut-être une heure avant d'oser prononcer cette phrase. Elle était prête, je l'ai répétée dans ma tête, et à plusieurs reprises, elle a failli sortir. Et, au dernier moment, je me suis ravisé. Finalement, j'ai pris mon courage à deux mains. Si l'homme ne me nourrit pas, je vais mourir de faim. Ce n'est pas la même faim que d'habitude, mais plutôt une sensation de vide très douloureuse. J'ai des crampes d'estomac. Mon ventre est gonflé et tout dur. Je repense à l'ange, qui m'a exhorté à grandir, et pour grandir, il faut manger. Je me souviens aussi d'une phrase fétiche de mon oncle : « Pas de restes ! » Pourquoi Adam Geist se nourrit-il aussi peu ? Parce que c'est le diable ? Dois-je en conclure que le diable n'a pas besoin de manger beaucoup ? Non, parfois je le surprends en train d'ouvrir une boîte de conserve et d'en dévorer le contenu. Il entre alors dans une sorte de transe et répète qu'ils n'ont pas le droit.

Visiblement, il est surpris par ma requête.

— Tu veux manger quoi, alors ? demande-t-il en me regardant fixement.

Je suis incapable de répondre à cette question. En temps normal, je pourrais énumérer des centaines de bonnes choses à manger ! Là, je suis pris au dépourvu. Tout ce qui me vient à l'esprit, c'est la blague de mon père sur M. Dupont et ses huit parts de pizza. La blague tourne en boucle dans ma tête. Impossible de prononcer un mot. Le diable, à son tour, m'a déstabilisé.

En le voyant approcher, je me recroqueville sur moi-même. Je me dis que c'est reparti, qu'il va me frapper, me soulever et me laisser tomber, l'un de ses passe-temps préférés. À moins qu'il sorte son sexe, ou que sais-je encore. Au contraire, il passe devant moi sans s'arrêter, l'air complètement ailleurs. Il sort, et je me retrouve seul dans la caravane. Non, il revient déjà.

— T'as pas intérêt à filer, sinon je te tue.

Au cours de ces dernières heures, j'ai mûri. Parfois, je me sens vraiment plus âgé et plus intelligent. « T'as pas intérêt à filer, sinon je te tue » : je vois bien que cette phrase n'est pas logique. Si je file, je ne serai plus là, et personne ne pourra plus me tuer, pas même le diable. Lui aussi a dû s'en rendre compte, car il m'attrape et me force à le suivre dehors. Il fait froid. Froid et beau. Adam Geist me tient par la main. Puis il se ravise. Retour à l'intérieur. Il farfouille dans son bric-à-brac. Lorsqu'une caisse en bois apparaît, je me dis qu'il va en sortir quelque chose. Je ne me doute pas une seconde que c'est moi qui vais devoir y entrer. Et si je n'y pense pas, c'est parce que la caisse est minuscule. Aussi, lorsque Adam Geist m'ordonne d'y prendre place me contenté-je de le regarder, ébahi. Il se dit que je ne veux pas. Il sait comment s'y prendre pour que j'obtempère. Il n'a qu'à me gifler. Il n'a qu'à me soulever et me laisser tomber. Là, c'est sûr que je finirai par lui obéir au doigt et à l'œil. C'est pourquoi il me gifle. C'est pourquoi il me soulève à bout de bras et me laisse tomber.

— Dans la caisse !

Je fonds en larmes. Je sais, j'avais la ferme intention de ne plus pleurer, mais c'est plus fort que moi. Je ne veux pas aller dans la caisse. Je ne veux plus grandir. Pourtant, tout avait si bien commencé, avec mon « bonjour ». Et voilà que je repars de zéro. Non, c'est pire. Je dois entrer dans une caisse beaucoup trop petite pour moi. Si je n'obéis pas, il me battra à mort. Pour cela, inutile d'aller chercher des pierres, il n'aura qu'à me soulever et me jeter contre le mur. Pour lui, ce sera un jeu d'enfant. Ou bien, il n'aura qu'à me défoncer le crâne à coups de poing. Encore plus facile. Il a une multitude de moyens à sa disposition pour m'obliger à entrer dans cette caisse.

— Grouille-toi, il faut que j'y aille.

Je m'exécute, en larmes. Je me contorsionne. Je me râpe les genoux et les coudes sur les planches de bois. Mes bras sont repliés tout contre ma poitrine. Je suis plongé dans l'obscurité. Une fois la caisse refermée, j'entends Adam Geist poser un objet lourd sur le couvercle. Un deuxième. Puis un troisième. Plus il les empile, plus je pleure.

— Arrête de chialer, tu gaspilles l'oxygène.

Je pleure de plus belle.

— Arrête, sinon je vais te rouer de coups.

Sinon.

Je ne peux plus m'arrêter. Je sanglote si fort que je n'entends pas Adam Geist sortir. Lorsque je me calme enfin, un silence inquiétant règne dans la caravane.

— Il y a quelqu'un ?

Pas de réponse. À présent, je hurle. Non, ce n'est pas vrai, j'ouvre la bouche avec l'intention de hurler, mais je n'ose pas. Comme j'ai grandi, je me dis qu'on m'a peut-être tendu un piège. Et si Adam Geist guettait ma réaction depuis l'extérieur ? Et s'il attendait que je crie pour me rouer de coups ? Le hurlement meurt dans ma gorge. J'émets un petit gémissement, puis je me tais. Je reste muet comme une carpe. Je sais que je dois rester discret. Je me contente de pleurer en silence, pour qu'on ne puisse pas m'entendre de l'extérieur. Je suis plongé dans le noir, et j'ai l'impression que plus le temps passe, plus l'obscurité est profonde. Est-ce normal ? Oui. Dans une caisse, c'est possible.

Je tends l'oreille et guette le retour d'Adam Geist.

Comme j'ai le vertige, le ski, c'est sans moi. Dévaler les versants abrupts du Glockner, du Kitzsteinhorn ou du Maiskogel ? Non, merci ! Un jour, je vais au lac de Wasserfallboden vérifier l'absence de requins. Grimper à huit cents mètres d'altitude, pour moi, c'est un exploit. Lorsque la réalisatrice me demande où nous pouvons tourner, je réponds : « Partout, sauf en hauteur. » Nous restons donc à l'hôtel, malgré les regards d'envie que le cameraman jette sans cesse vers les sommets enneigés. La réalisatrice veut que je me comporte comme dans la vie de tous les jours. Ce n'est pas une mince affaire, avec une caméra braquée sur moi. J'ai l'impression qu'elle m'observe comme Adam Geist, fixe et impitoyable. Elle aussi scrute le moindre de mes faits et gestes. Dans ces conditions, comment être le Sascha du quotidien ? D'ailleurs, qui suis-je ? Je finis par me poser la question.

En tout cas, je me donne du mal. Je me montre tel que les autres me connaissent, poli et avenant. Je passe une chemise toute neuve et une veste noire en velours au nom de l'hôtel-restaurant, même s'il sera certainement flouté lors de la diffusion. J'arbore également un nœud de cravate Windsor. Il est compliqué, mais je pourrais le réaliser les yeux fermés. Au rez-de-chaussée, dans la salle de restaurant, un groupe d'amis se tait en voyant arriver l'équipe de tournage. Là encore, la réalisatrice leur demande de rester naturels. Sans succès. Le cameraman me suit jusque derrière le comptoir, où je vais chercher une bouteille de vin. Je la débouche hors caméra, puis on me filme en train de servir. Je suis aussi habile que d'habitude, la main gauche dans le dos, la main droite qui tient la bouteille, enveloppée dans une serviette. La réalisatrice me félicite. Maintenant, elle aimerait tourner en extérieur, près de la rivière. Cette fois, je porte une veste en cuir marron doublée de velours, parfaite pour l'hiver, ainsi que les gants noirs qui figuraient dans le magazine. Je tiens discrètement une cigarette dans la main droite. Sur ces images, une voix off répétera ce que j'ai dit à la réalisatrice en interview. J'ai des projets. Je souhaite ouvrir un jour mon propre restaurant et fonder une famille.

En revanche, je passe mes pires craintes sous silence : subir une nouvelle attaque de requin, être pris de vertige en haut d'un escalier, devoir sécuriser ma porte et mes fenêtres avec des chaînes, m'asseoir au volant d'une voiture. Car je sais que tout peut arriver. Je ne parle pas non plus de mes nombreux accidents. La réalisatrice n'est pas au courant.

— Pour moi, il est essentiel de tirer un trait sur le passé, déclaré-je en interview. Le mieux, c'est de l'enfermer dans un coffre-fort, afin que rien ne puisse s'en échapper.

Faites ce que je dis, pas ce que je fais. J'ai commencé par répondre aux questions d'un journaliste, et voilà que j'accepte de passer à la télévision. Sur mon ordinateur, il y a un fichier intitulé « Mes souvenirs ». Même si je ne le complète plus depuis quelque temps, il est toujours là, il m'attend. Il sait que, le jour où je serai prêt, je m'y attellerai. Ce jour finira bien par arriver.

Moi aussi, j'ai des questions à poser à la réalisatrice.

— Comment les recherches ont-elles été organisées ?

Elle maîtrise son sujet et répond sans hésiter.

— D'après les premiers résultats de l'enquête, vous deviez vous trouver à moins de sept kilomètres de votre domicile. Une cellule spéciale a donc passé ce périmètre au peigne fin. Les policiers ont soulevé chaque pierre, sondé chaque lac, chaque étang. La police montée a été mobilisée, ainsi qu'une brigade cynophile. Des soldats américains stationnés à Wiesbaden se sont portés volontaires, très vite rejoints par tous les pompiers de la région, et la zone a été survolée en hélicoptère. Les enquêteurs ont pris la ligne 25 afin d'interroger les passagers. On a distribué des tracts. Toutes ces démarches sont restées infructueuses.

Les policiers faisaient fausse route dès le départ, puisqu'ils pensaient que je n'avais pas pu m'éloigner beaucoup du lieu de la disparition. Mais je me trouvais bien au-delà de leur zone de recherches.

Et j'étais enfermé dans une caisse de cent onze centimètres de long, cinquante-six centimètres de large et quarante-six centimètres de haut.

Dans l'obscurité, dans l'angoisse, dans le froid, dans la solitude, dans le confinement, dans l'oppression, dans la terreur... J'inspire profondément. L'espace d'un instant, je suis à deux doigts de me laisser bouleverser par le souvenir. Je dois à tout prix éviter cela. Sascha Buzmann est réputé enjoué, poli, avenant, attentionné, aimable, y compris face caméra. Même s'il dit quelque chose et fait tout le contraire.

— Adam Geist a empilé vingt grosses pierres sur la caisse pour que vous ne puissiez pas sortir, ajoute la réalisatrice de but en blanc, comme si elle lisait dans mes pensées.

Jusqu'à présent, j'ignorais tout de ces vingt grosses pierres. Je savais seulement qu'il avait posé quelque chose de très lourd sur le couvercle. Je n'ai jamais pu ouvrir cette fichue caisse. Pourtant, j'ai essayé, de toutes mes forces.

Je pleure, je sanglote, je hurle, je réfléchis à toutes les insultes que je connais et j'en abreuve la caisse, Adam Geist, mes parents et moi-même, tout en poussant contre les planches à l'aide des genoux. J'ai les nerfs qui lâchent. Je me fiche que cette ordure m'entende de l'extérieur. Ce type peut me rouer de coups, me balancer contre le mur, me soulever et me laisser tomber, me tuer, cela m'est égal. Tout m'est égal, du moment que je sors d'ici ! Qu'ai-je fait, qu'ai-je donc fait ? Quel crime ai-je commis ? Je retourne la question dans tous les sens. J'ai de la morve partout sur la figure, je veux sortir d'ici ! Sortir, sortir, sortir ! J'essaie de tendre les jambes et de soulever le couvercle de la caisse, mais tout ce que j'obtiens, c'est une crampe. Je pleure encore plus. Pourquoi personne ne m'entend ? Pourquoi personne ne vient me libérer ? Pourquoi m'a-t-on abandonné ? Mon Dieu, mon Dieu, mon Dieu, où es-Tu ? Où est l'ange ? Je crie, je ne veux plus me comporter en adulte, je veux sortir, sortir, sortir, sortir, sortir, sortir…

Arrive le moment où je n'ai plus de larmes pour pleurer ni de force pour crier. J'ai la tête qui bourdonne et les yeux gonflés. Puis j'entends des pas. Une personne approche. J'hésite à signaler ma présence. Qui est-ce ? Le diable ? Ou quelqu'un qui est venu à mon secours ? Dois-je l'appeler ou pas ? Lorsqu'on passe près de la caisse, je laisse échapper un gémissement. Elle tremble, alors qu'on s'affaire à l'ouvrir. La lumière m'éblouit, je dois fermer les yeux. En les rouvrant, je me retrouve face au diable, qui tient un lapin par les oreilles. Les pattes de l'animal pendent mollement dans le vide.

— Allez, sors. À moins que tu n'aies plus faim.

L'ordinateur me regarde, l'air de dire : « Ben alors, mon vieux, tu n'es plus motivé ? » L'équipe de télévision est repartie, le tournage continuera plus tard. Lorsque je rentrerai de Kaprun, la réalisatrice me recontactera pour que nous retournions ensemble au terrain vague. Pourquoi ne suis-je pas surpris ? Tous mes interlocuteurs veulent aller là-bas, le lieu les attire, comme si, en dehors des broussailles et des détritus, on pouvait encore trouver quelque chose à montrer au public. Or, tout ce que le public n'a pas encore vu est dans ma tête, et aucun cameraman ne pourra y entrer pour filmer. Je suis le seul à savoir ce qui s'y trouve. Je suis le seul à révéler au grand jour ce que renferme le coffre-fort de ma mémoire. D'où mon impression que l'ordinateur me met au défi. Il sait que je souffre d'insomnie. Malgré la fatigue accumulée au travail et durant le tournage, impossible de fermer l'œil. À Kaprun, je pourrais me changer les idées, entre les discothèques, les bars et les restaurants. Les collègues me proposent souvent d'aller boire un verre après le service. Chaque fois, je décline l'invitation, prétextant que je préfère aller me coucher.

En fait, quelque chose me tracasse, depuis que la réalisatrice a parlé de la caisse et des vingt pierres qu'Adam Geist empilait dessus afin que je ne puisse pas m'échapper. Elle a réveillé un souvenir refoulé pendant vingt ans. Je devrais l'écrire, pour éviter qu'il ne disparaisse à nouveau. D'un autre côté, cela m'arrangerait de l'oublier.

Je suis constamment pris entre deux feux, et c'est difficile à vivre.

Après avoir allumé une cigarette, je m'installe devant mon ordinateur, puis place le curseur de ma souris sur l'icône Facebook. Finalement, au prix d'un immense effort, je clique sur le fichier « Mes souvenirs ». Mes doigts courent machinalement sur le clavier et écrivent que j'ai douze ans. L'enlèvement a donc eu lieu trois ans auparavant. Après ma libération, j'ai dû redoubler, étant donné que j'avais raté plus de deux mois d'école. Par la suite, au collège, je me lie d'amitié avec un garçon prénommé Michael. Nous jouons aux ninjas, ces valeureux guerriers japonais qui se déplacent plus vite que leur ombre. Nous achetons des étoiles de jet que nous nous entraînons à lancer sur des palissades ou des troncs d'arbres. C'est à qui sera le plus précis. Et afin d'acquérir une rapidité de ninja, nous ne marchons jamais, nous courons, pour semer des ennemis imaginaires. Dans les mangas, les ninjas sont constamment poursuivis. Un jour, après avoir joué toute la journée, je décide de rentrer.

— Fais attention sur le chemin, me dit Michael.

J'ai beau être un guerrier valeureux, les paroles de Michael me mettent mal à l'aise.

— Pourquoi tu dis ça ? Tu cherches à me foutre la trouille ?

— Fais attention, se contente-t-il de répéter. Les démons sont partout.

Je rentre chez moi en courant. Cette fois, non pas parce que je me prends pour un ninja, mais parce que je suis terrifié. Comme il y a trois ans, je remarque une ombre. J'accélère. Je cours aussi vite que mes jambes me le permettent, fends les buissons, emprunte des passages secrets, des raccourcis, mais impossible de semer mon poursuivant. Avant que j'atteigne l'immeuble, il m'attrape. Je sonne à l'interphone de toutes mes forces, tandis qu'il m'entraîne avec lui. Lorsque la porte s'ouvre, je me précipite à l'intérieur et monte l'escalier quatre à quatre en criant. Mon père est là. Je passe devant lui sans m'arrêter.

— Bon sang, Sascha, du calme avec la sonnette. Fais moins de bruit !

— Papa, il arrive ! Ferme, ferme !

La porte heurte mon père de plein fouet au front. Il laisse échapper un juron, parvient à la refermer en poussant de toutes ses forces et se tourne vers moi. Je tremble, je sue de la tête aux pieds.

— Ce n'était qu'un courant d'air, dit-il en souriant.

Je ne le crois pas.

Quelqu'un en a après moi.

Quelqu'un en a après moi, et rien ne le découragera.

Avant de cuisiner le lapin, Adam Geist doit le dépecer. Avant de le dépecer, il doit allumer le poêle. Et avant d'allumer le poêle, il doit me violer. Je n'essaie pas de me débattre, je me contente de rester allongé, les yeux fixés sur le cadavre de l'animal. J'imagine le bien-être qu'on doit ressentir quand on est mort. Tout doit être si paisible... Personne pour gémir et grogner comme un cochon. Ça y est, il a obtenu ce qu'il voulait. Tandis que le bois brûle dans le poêle, Adam Geist dépèce le lapin. Il lui ouvre le ventre, le vide, l'écorche et jette le pelage dans un coin. Puis il le découpe en petits morceaux, qu'il jette dans l'unique casserole dont il dispose. Comme la caravane n'est pas équipée d'eau courante, Adam Geist doit s'absenter quelques instants. Quant à moi, je reste assis sur le lit, immobile. Je ressens une vive brûlure entre les fesses. Je frissonne à cause du courant d'air froid qui entre dans la caravane. Je ne suis plus sûr d'avoir faim, je ne sais pas si je vais réussir à manger le lapin, mais je décide de ne rien dire. Je ne dirai pas que je n'aime pas, comme pour les oignons. Je vais me conduire en adulte et faire semblant de me régaler. Adam Geist revient avec de l'eau. J'ignore sa provenance, comme j'ignore celle du lapin. Les quelques minutes que met l'eau à bouillir me semblent durer une éternité. La pièce est envahie de vapeur. Adam Geist remue le contenu de la casserole avec une cuillère, tandis que je l'observe depuis le matelas.

— Tu vas à l'école ? me demande Adam Geist de but en blanc.

Pris au dépourvu, je ne sais pas quoi répondre. La cuillère racle les bords du récipient dans un horrible crissement métallique.

— Alors, réponds. Tu vas à l'école, oui ou non ?

Je dois trouver quelque chose à dire, sinon…

— Non. Pas en ce moment.

J'arrive encore à jouer au plus malin. Adam Geist, lui, prend ma réponse au premier degré.

— D'accord, mais tu vas à l'école, d'habitude ?

— Oui.

— Et tu fais partie d'un club sportif ?

Il m'interroge sans me regarder, mais semble impatient d'avoir des réponses.

— Oui.

— Tu joues au foot ?

— Oui.

Adam Geist réfléchit à la question suivante, tout en continuant à touiller.

— Vous jouez avec des vrais ballons en cuir ?

— Oui.

— J'ai toujours voulu en avoir un.

Adam Geist prend un morceau de viande, souffle dessus et goûte.

— C'est prêt. On va manger sur le lit. Reste là, je vais m'asseoir à côté.

Il ramasse un seau, le retourne, pose la casserole dessus et me tend la cuillère.

— Mange.

Pas de « sinon ». « Mange », tout simplement.

Je ne sais pas ce qui lui prend, mais il s'installe à côté de moi sans me toucher. Il se contente de m'observer, tandis que je prends un morceau de lapin dans la casserole.

— Attention, c'est très chaud.

Je commence à mâcher. La viande est caoutchouteuse. Je ressens une faim soudaine, venue de nulle part. Mes mâchoires s'activent. Même mort, le lapin continue à se débattre. J'enfonce mes dents dans sa chair, encore et encore. Je vais l'avoir ! Il va en baver ! Et une fois que je l'aurai mangé, je serai passé à l'âge adulte. Adam Geist sourit, content que son repas me plaise. Il saisit la cuillère, prend un morceau de viande, y enfonce ses dents et mâche bruyamment.

— Au fait, tu t'appelles comment ? me demande-t-il, la bouche pleine.

Je manque de m'étouffer. Parce que cette question me surprend. Et parce que j'oublie mon nom, l'espace de quelques instants. Lorsqu'il me revient, je bafouille :

— Sascha. Sascha Buzmann.

Encore une fois, Adam Geist sourit et prend un autre morceau de viande.

— Sascha. Hum, Sascha… Sascha, tu veux bien être mon ami ?

À la fin de mon contrat à Kaprun, je rentre à la maison. L'expérience a été concluante : bel hôtel, collègues sympathiques, aucune tension avec mon chef et salaire versé en temps et en heure, ce qui n'est pas toujours le cas, loin de là, dans ce secteur. C'est décidé, je retournerai travailler en Autriche. Pour l'instant, j'ai bien mérité de souffler quelques jours.

En temps normal, je m'allongerais sur le canapé, les doigts de pied en éventail, je rendrais visite à mes parents, à mon frère ou à mes sœurs, j'irais faire la tournée des bars de Wiesbaden, Francfort et Mayence avec mes amis. Mais, ces derniers temps, on m'a tellement demandé d'être naturel que cela m'est désormais impossible. Je pense à la réalisatrice, qui attend mon appel. Ensemble, nous devons convenir d'une date pour retourner « sur les lieux ».

De plus, j'ai continué à écrire. Les souvenirs ressurgissent par intermittence. Ils concernent l'enfance, l'adolescence, les quatre-vingt-six jours de séquestration, la vie active. Je me rappelle soit un tout petit détail, soit un épisode beaucoup plus long. La mémoire peut aussi bien me revenir sous la douche qu'au travail, peu importe que je sois en train de servir une assiette de soupe, de déboucher une bouteille de champagne, de décanter du vin ou de débarrasser une table. Cela se produit également la nuit, durant mes quelques heures de sommeil. Au matin, ils me trottent dans la tête, diffus. Puis ils se bousculent au petit déjeuner, devant un match de football à la télévision ou lors d'une simple promenade. J'arrive à en retenir certains jusqu'à ce que je m'installe devant mon ordinateur, d'autres disparaissent avant que j'aie eu le temps de les retranscrire. Qu'ils soient agréables, amusants ou tristes, ils ont tous leur importance, comme me l'ont appris les journalistes. Ces derniers m'ont assailli de questions sans jamais porter un quelconque jugement sur mes réponses. J'ai apprécié qu'ils les acceptent telles quelles. À présent, j'applique la même méthode : sur mon clavier, je tape ce qui me passe par la tête, sans trier. Si je n'ai pas de but précis, je ressens un certain bien-être, une fois que tout est écrit noir sur blanc.

Un jour, dans le train, en regardant le paysage défiler, je me rappelle l'hôtel de Bad Schwalbach où j'ai travaillé. En 2008, je signe un contrat d'un an avec un salaire de mille deux cents euros mensuels. Ce n'est pas cher payé, étant donné la charge de travail, mais j'ai envie de partir de chez mes parents et de louer un appartement. Je décide donc d'économiser au maximum. J'accumule les heures supplémentaires, j'évite de dépenser mes pourboires. Jusqu'au jour où, catastrophe : le gérant met la clé sous la porte et disparaît. L'hôtel est repris par un homme originaire de Hambourg qui, avec son équipe, donne un bon coup de pied dans la fourmilière. Sa principale préoccupation est de réduire les coûts. Il aimerait que je reste plus longtemps. J'accepte, mais en échange d'une augmentation qui, hélas, ne cadre pas avec son budget. Sachant que je suis un excellent serveur, il ne dit donc pas non tout de suite et tente de négocier.

Entre-temps, j'ai économisé assez d'argent pour louer un appartement à Wiesbaden. Dès mon installation, je sécurise la porte d'entrée et les fenêtres avec des chaînes. Puis, comme le propriétaire d'un restaurant lounge situé près de chez moi me propose du travail, je démissionne de mon poste à Bad Schwalbach. Je ne me dis pas que certains de mes clients risquent de se souvenir de l'affaire. J'ai encore le temps, avant qu'un journaliste vienne sonner chez moi pour ouvrir le coffre-fort de ma mémoire. Mais le jour où quelques habitués m'interrogent sur mon enfance, je suis glacé d'effroi. Après une nuit d'insomnie, j'appelle mon chef pour lui annoncer que je démissionne. Sans me justifier. De toute façon, qu'y a-t-il à expliquer ? Je ne me vois pas lui dire que quelques questions innocentes ont complètement perturbé mon équilibre. Je m'en veux de ne pas être resté à Bad Schwalbach ou dans toute autre ville où l'évocation de mon nom ne provoque rien de plus qu'un haussement d'épaules.

Maintenant que j'ai un appartement, j'aimerais rester travailler dans la région. Or, cela ne va pas être possible, si les gens se mettent à poser des questions. Je plie donc bagage et accepte un emploi à Nuremberg. Puis à Weissach. Puis en Autriche. C'est fatigant, mais nécessaire. Aujourd'hui, la situation semble évoluer. Dans le train qui me ramène chez moi, je me dis que les choses vont peut-être changer. Peut-être vais-je enfin réussir à parler de mon passé à des inconnus, et non plus seulement à des journalistes bienveillants ? Alors, je pourrai rester travailler dans ma région d'origine.

J'y aspire.

Le lapin m'a donné mal au ventre. Cette fois, Adam Geist ne me laisse même pas sortir et me tend une boîte de conserve vide. Lorsque j'ai terminé, il la jette dehors, avec la peau du lapin. Le tout, sans s'arrêter de parler, comme si une digue avait cédé. Il me presse de questions auxquelles j'ai du mal à répondre, surtout quand elles concernent mes parents.

Par exemple, lorsqu'il me demande quel métier mon père exerce, j'ai envie de crier : « Tu n'es qu'un monstre ! Et ça ne te regarde pas ! Ramène-moi à la maison ! » Mais j'essaie de raisonner en adulte et de répondre en adulte. Comme les adultes disent la vérité, je réponds :

— Il est serrurier.

— Et ta mère ?

— Elle ne travaille pas.

— Elle a jamais travaillé ?

— Si, elle a été serveuse.

— Ils te battent ?

Les yeux d'Adam Geist, d'habitude petits et plissés, sont écarquillés. Avant que j'aie le temps de répondre, il réitère sa question. Le sujet semble lui tenir à cœur. Arrêtera-t-il de lever la main sur moi, si je réponds par la négative ? Je peux, car c'est la vérité, mes parents ne me battent pas. Ce sont des adultes, ils se maîtrisent. Mais le temps que je me décide, Adam Geist répète la question une troisième fois, non sans une certaine impatience. À croire qu'il ne va plus se contenir très longtemps.

— Non.

— Tu habites où ? me demande-t-il après une longue réflexion.

Je suis comme foudroyé. Adam Geist ne connaît pas mon adresse. Il ne sait pas qu'il m'a enlevé juste devant chez moi. Mes pensées se bousculent dans ma tête. Est-ce une bonne ou une mauvaise nouvelle ? Là encore, je mets du temps à répondre. Et là encore, il n'a pas envie d'attendre.

— Tout près de l'arrêt de bus, c'est ça ? Tu rentrais chez toi.

Je hoche la tête, faute de pouvoir parler. Depuis quand suis-je ici ? J'ai perdu la notion du temps. Les larmes me montent aux yeux. Je me dis que je ne rentrerai jamais chez moi. Que je vais devoir vivre avec cet homme jusqu'à la fin de mes jours. À moins que, à ma majorité, je sois assez fort pour m'enfuir. Peut-être que je retrouverai mes parents. Mais vivront-ils toujours à la même adresse ? S'ils déménagent entre-temps, parviendrai-je à les retrouver ?

Adam Geist agite sa main devant mes yeux.

— Hé, il y a quelqu'un ? Je t'ai demandé si tes grands-parents étaient toujours en vie.

Je reprends mes esprits tant bien que mal. Ma grand-mère maternelle est française, elle vient de Metz. Mon grand-père maternel vivait en Transylvanie. Je ne l'ai pas connu. Quant à mes grands-parents paternels, ils habitent à Dresde. Mon père a fui vers l'Ouest en 1957. Il a vécu à Cologne, puis à Wiesbaden, où il a rencontré ma mère. À l'époque, elle était mariée à un Italien. Avant de vivre en Allemagne, ils ont passé quelques années à Naples, raison pour laquelle mes demi-sœurs parlent italien, contrairement à moi. Vous avez entendu, Adam Geist ?

Contrairement.

À.

Moi.

Mais je ne réussis à prononcer aucune des phrases que j'ai préparées, car Adam Geist recommence à crier et à donner des coups de poing dans le vide. Il me terrorise, dans ces moments-là. Je sais qu'il risque de s'en prendre à moi, et je ne veux plus qu'il me frappe. Paniqué, je réponds tout autre chose que je n'ai pas pris le temps de répéter dans ma tête.

— On dirait que vous avez beaucoup de chagrin et de soucis.

Adam Geist s'arrête net, comme s'il venait de heurter un mur de béton.

— Pourquoi ? demande-t-il sans me regarder.

— Parce que vous faites toujours ça.

Sous-entendu : les coups de poing, les monologues, les jurons.

Soudain, Adam Geist se tourne vers moi et fond en larmes.

Retour au terrain vague. Je n'irai pas jusqu'à dire que je m'y habitue, mais, en tout cas, je suis beaucoup plus détendu que la première fois. Alors que je me penche pour examiner de plus près un débris de la caravane, je remarque que je porte encore mes gants noirs. C'est vrai, on est toujours en hiver. J'ai l'impression d'avoir plus vécu en deux mois qu'en plusieurs années.

— Ici, c'est tout ce qui reste de la caravane, dis-je à la caméra.

Je me sens à la fois guide et touriste. Puis j'enchaîne sur cette phrase étrange :

— Avec ce qui s'est passé ici, j'ai l'impression d'avoir laissé quelque chose.

La réalisatrice me demande de préciser.

— Beaucoup de souffrance. Beaucoup de chagrin. Beaucoup de tristesse. Beaucoup de larmes.

Réflexion faite, ce n'est pas tout, loin de là. Sur ce terrain vague, j'ai dit adieu à mon enfance. C'est un garçon de neuf ans qui a été enlevé, et c'est un adulte de neuf ans qui a été libéré.

Je me fraie un chemin parmi les broussailles. Comme il n'y a plus grand-chose à filmer, le cameraman range son matériel. Quant à la réalisatrice, elle s'étonne que personne n'ait remarqué ma présence, à l'époque des faits. Ce n'est pas un lieu reculé, contrairement à ce que j'ai cru sur le coup. Une pépinière est située tout près. Sa propriétaire dit qu'elle ne m'a jamais entendu crier, à cause de la circulation sur la route nationale. En revanche, elle a vu les tracts, où on pouvait lire: « Disparu », ou encore: « La piste criminelle n'est pas écartée. » Des milliers d'avis de recherche ont été distribués dans toute la région, mais la police n'a reçu qu'une dizaine d'appels, et aucun des passagers ayant remprunté la ligne 25 ce soir-là ne s'est manifesté. Au sein de la cellule de crise, on était découragé.

En écoutant la réalisatrice, j'ai comme un déclic. J'ose enfin poser la question qui me taraude depuis des années.

— Et mes parents, qu'est-ce qu'ils ont fait ?

Je précise que, parfois, nous avons évoqué « l'affaire ». Je dis bien « parfois », car je ne tenais pas spécialement à aborder le sujet. Cela faisait trop d'un coup. Pendant la séquestration, j'étais rongé par l'angoisse. Je me demandais si, à mon retour, j'allais devoir tout raconter en détail. Si mes parents voudraient encore de moi, lorsqu'ils sauraient ce que cet homme m'avait fait subir. J'ai préféré ne rien dire. Aujourd'hui, j'apprends par une inconnue que mes parents étaient fous d'inquiétude. Évidemment. Elle les a interviewés et leur a posé plus de questions que moi, à l'époque.

— Comme l'enquête piétinait, faute d'indices précis, les soupçons des policiers se sont portés sur votre père. Votre mère m'a dit qu'ils avaient perquisitionné l'appartement de fond en comble, y compris la cave. Ils pensaient que votre père vous retenait prisonnier. Il l'a très mal vécu. Il s'est même mis en arrêt maladie.

Je me mets à pleurer. Je ne me souviens pas que mes parents me l'aient raconté. Ou peut-être que si, et je n'ai pas écouté. Par la suite, j'ai donné du fil à retordre à mon père, mais il m'a toujours soutenu, même lorsque la police a trouvé du haschich dans ma chambre. Dans ma vie, à l'époque, c'était le chaos. Beaucoup de gens se disaient que j'allais très mal finir.

Heureusement que le cameraman a rangé son matériel. Je n'aimerais pas qu'on me filme en train de pleurer.

— Qu'est-ce que ma mère vous a dit d'autre ?

Il vaudrait sans doute mieux que je lui demande directement. Mais c'est peut-être mieux ainsi.

— Elle ne dormait plus, elle ne cessait de se demander ce qui vous était arrivé. Elle passait son temps devant la télévision, jusque tard dans la nuit, mais sans vraiment la regarder, et en pleurant toutes les larmes de son corps.

Les fouilles menées pour la troisième fois dans les champs, près de la rivière, les potagers collectifs et le golf ne donnant rien, la police commence à perdre espoir. Or, les soldats et les pompiers ne risquent pas de me retrouver, si près du domicile de mes parents. Un jour, le bruit court qu'on a repêché mon cadavre dans un étang. Les policiers réagissent immédiatement et sillonnent la ville à bord d'une voiture à haut-parleur afin de démentir la rumeur. Ils demandent également que tous les cabanons de jardin soient fouillés, ce qui s'avère plus difficile que prévu. Certains propriétaires sont absents, d'autres se montrent récalcitrants. La police continue à survoler la zone en hélicoptère. De nouveaux avis de recherche sont publiés dans la presse, y compris américaine. « La police a besoin de votre mobilisation concernant la disparition d'un garçon allemand âgé de neuf ans », peut-on ainsi lire dans le *Stars and Stripes* du 18 janvier 1986.

La cellule de crise recherche aussi toutes les personnes ayant emprunté la ligne 25 le soir de l'enlèvement. Mais les huit passagers qui pensent avoir vu quelque chose de louche livrent chacun un témoignage différent. On parle d'une femme âgée et corpulente. D'une jeune fille. D'une deuxième femme âgée et corpulente. D'un marginal d'une quarantaine d'années. D'une femme blonde. D'un vieil homme, sans doute d'origine étrangère et vêtu d'une veste en skaï. D'un blond à la barbe fournie. D'un jeune homme.

Les enquêteurs auraient dû explorer la piste du marginal, estime la réalisatrice. Elle ajoute que mes parents et mon oncle proposent une récompense de vingt mille marks, soit dix mille euros. Une somme importante en 1986. Ils adressent également une lettre ouverte à l'ensemble de la presse : « Nous vous prions de bien vouloir publier cette lettre. Ainsi, peut-être que le ravisseur de Sascha la lira et se rendra. »

— C'est l'attente, que vos parents ont le plus mal vécue, précise la réalisatrice, tandis que je lutte pour ne pas fondre à nouveau en larmes. Ils ont conclu la lettre par ces mots : « Rendez-vous, sinon vous ne serez pas en paix. »

Le parquet de Wiesbaden a lui aussi promis trois mille marks, mille cinq cents euros, à toute personne disposant d'informations susceptibles de faire avancer l'enquête. Quant à la police, elle diffuse une vue aérienne de notre quartier, accompagnée du texte suivant : « Voici l'itinéraire qu'aurait suivi Sascha Buzmann le vendredi 10 janvier vers 19 h 30. Nous recherchons des témoins étant descendus à l'arrêt rue de Nuremberg ou ayant emprunté, à l'horaire indiqué, la rue qui relie l'arrêt de bus au domicile du jeune garçon. Sascha Buzmann a pu se faire aborder ou monter dans un véhicule. »

— À partir de ce moment-là, vos parents ont reçu des dizaines d'appels anonymes. Soit les gens prétendaient savoir quelque chose, puis raccrochaient aussitôt, soit ils disaient : « Vous aurez de nos nouvelles très bientôt. »

Mes parents, de plus en plus désespérés, se tournent à nouveau vers la presse. « Sascha est porté disparu depuis trois semaines. Nous ne savons pas s'il est vivant ou mort. Pour nous, l'incertitude est pire que tout. Nous espérons que notre fils est toujours en vie, mais nous avons avant tout besoin de réponses. »

Un homme se rend au commissariat. Il dit avoir aperçu, au cours d'un trajet entre son domicile et son lieu de travail, le corps d'un enfant dans une tourbière. La police se rend sur place et passe une nuit entière à sonder la vase, sans résultat.

Mon institutrice est, elle aussi, sollicitée par la presse. Dans une interview, elle me décrit comme un garçon calme et réservé, mais pas du tout peureux ni timide, même si je suis le plus petit et le plus chétif de la classe.

Elle ne dit pas qu'à première vue, j'ai un physique assez féminin, mais elle n'en pense peut-être pas moins. En tout cas, elle ignore encore que le marginal de la ligne 25 m'a enlevé pour cette raison.

Le porte-parole de la police de Wiesbaden accorde également une interview à RTL. « Il ne faut pas négliger la piste de l'homicide. » Il ne précise pas que, dans la majorité des cas, les enfants disparus ne sont jamais retrouvés, vivants ou morts. Les recherches se poursuivent, mais tout semble indiquer que les enquêteurs perdent espoir. « C'est une catastrophe. Aucun résultat », écrit un journaliste. « La police ne dispose pas du moindre indice. Elle doit se contenter de spéculations, de conjectures et de théories fantaisistes. »

Si la cellule spéciale reste active, les fouilles sont arrêtées. Un policier dit à ma mère qu'au bout de huit jours sans nouvelles, il faut se préparer au pire.

— Elle était si désespérée qu'elle a essayé de se jeter par la fenêtre, conclut la réalisatrice.

Pendant que les adultes désespèrent, dans la caravane, je désespère de devenir un jour adulte. De son côté, Adam Geist régresse.

Adam Geist est roulé en boule. Entre deux sanglots, il confie que son père le battait. Et que lui aussi aurait prétendu le contraire, si on lui avait posé la question.

— Je ne supporte pas le mensonge. Alors ne me mens pas, tu entends ? Sinon je te tue !

Je suis aussi effrayé que désemparé. Je ne me doutais pas que ma phrase « On dirait que vous avez beaucoup de chagrin et de soucis » provoquerait pareille réaction, sinon je me serais abstenu. Je me recroqueville dans un coin du lit. J'aimerais devenir invisible. Adam Geist pleure, frappe l'air, crie. Il perd la tête. Qui sait quelle sera la prochaine étape ? Je ne peux pas m'enfuir. D'un autre côté, s'il se met à me taper aussi fort qu'il donne des coups de poing dans le vide, je vais y rester. Suis-je en train de vivre mes derniers instants ? Je transpire, malgré le froid qui s'est installé dans la caravane depuis l'extinction du poêle. J'ai la gorge trop serrée pour émettre d'autres sons que de petits gémissements.

Je m'arrête net en voyant un animal entrer en se faufilant sous la porte de la caravane. Il mesure à peu près la même taille que la charogne de Thorsten. Je la revois devant moi. Ça y est, on me tient. L'animal a un pelage marron, un corps dodu et une longue queue dépourvue de poils. Il lève la tête et me fixe de son regard vitreux, tout en remuant le nez. Puis, en un éclair, il se réfugie dans le coin où Adam Geist a décapité le lapin. Après avoir saisi quelque chose entre ses dents, il rebrousse chemin. Devant la porte, il hésite quelques instants. Incroyable : l'animal n'arrive pas à repasser sous la porte du premier coup. Il finit par se ratatiner comme un ballon qui se dégonfle et disparaît. Je suis terrorisé. C'était un rat. Et j'ai peur des rats. Non, c'est pire : j'en ai la phobie. J'entends encore ma mère dire que les rats ne se déplacent jamais seuls. Le dégoût m'envahit. Il tisse sa toile autour de moi et m'emprisonne. Soudain, j'ai l'impression d'être cerné par les rats. Je jette un coup d'œil vers Adam Geist, qui continue à renifler, à boxer dans le vide et à parler tout seul. Je me dis que je suis fait comme un rat. Voilà un trait d'esprit digne d'un adulte. J'en serais fier, dans d'autres circonstances. En l'occurrence, mon angoisse redouble. Le rat n'a laissé aucune trace de son passage, mais je suis sûr de l'avoir vu. Je vais devoir me montrer encore plus vigilant. Je ne vais plus dormir, car il paraît que les rats profitent du sommeil des humains pour les mordre. La nuit, ils viennent nous arracher qui un orteil, qui un doigt, qui le nez. De plus, ils sont vecteurs de maladies toutes plus atroces les unes que les autres. C'est décidé, tant que je serai ici, je ne fermerai plus l'œil. Et pourquoi ce type dégoûtant qui me retient prisonnier ne range-t-il pas tout ce bazar ?

Cette deuxième réflexion d'adulte m'est inspirée par mon père. De temps en temps, quand il entre dans ma chambre et voit que j'ai oublié de reposer mes figurines Maîtres de l'Univers sur l'étagère après avoir joué, il dit : « Quel bazar, ici. Tu veux bien ranger ta chambre ? » Pourquoi le père d'Adam Geist ne le lui a-t-il jamais dit ? Pourquoi ne lui a-t-il jamais expliqué qu'on ne devait pas laisser traîner ses affaires partout et qu'il fallait sortir les poubelles ? S'il l'avait fait, la caravane ne serait pas dans cet état. Il n'y aurait pas de rats. Son père ne l'aurait pas frappé. Le mien, quand je range ma chambre, me félicite et me propose de regarder la télévision sur ses genoux. Puis il me demande si je veux aller jouer au football le dimanche suivant. Il connaît déjà la réponse, mais il me pose la question pour le plaisir. Il aime quand je suis tout content et que je ne tiens plus en place. Je n'ai qu'une hâte, être à dimanche, et je prie toute la semaine pour qu'il ne pleuve pas, ce jour-là. Je me demande si Adam Geist jouait au football avec son père.

Je me contente d'y penser. Je ne lui pose pas la question. J'ai peur de la réaction qu'elle provoquerait. Adam Geist n'a pas remarqué le rat, trop occupé qu'il était à donner des coups de poing dans le vide, dire des gros mots et pleurer. Il ne m'a pas vu sursauter ni me recroqueviller sous la couverture crasseuse, qui me sert de bouclier. Je ne sais pas si elle peut tenir les rats à distance, mais je ne veux négliger aucune piste. Je balaie le sol du regard comme avec le faisceau d'une lampe de poche. Rien. Me suis-je trompé ? Ma vue m'a-t-elle joué un mauvais tour ? Non. Il s'agissait bien d'un rat. De la même taille que la charogne, mais vivant. Très vivant. Et rapide. Tellement rapide qu'il peut m'agresser à tout moment. Mes yeux inspectent le plancher de la caravane centimètre par centimètre. Ils s'attardent sur le poêle, sous la table, où il y a encore plus de détritus qu'ailleurs, sur le seau, où se trouve toujours la casserole, puis fixent le minuscule passage sous la porte.

Une tête apparaît. Puis un corps tout aplati. Comment est-ce possible ? Il s'étire, puis reprend sa forme initiale. Le rat est de retour dans la caravane. Je suis hypnotisé. Il renifle et tourne la tête vers moi. Je me mets alors à crier.

Ma messagerie est pleine, mais ce ne sont pas des restaurateurs qui me contactent pour me proposer du travail. L'article paru dans le magazine a pour premier effet de faire sortir les pervers du bois. Comme mes parents en 1986, je suis harcelé par des personnes qui prennent plaisir à tourmenter autrui. Certains déversent même leurs insanités en se masturbant. Je le sais, j'ai côtoyé un de leurs semblables. Un homme à la voix rauque prétend bien connaître Adam Geist. Ils ont été incarcérés dans la même prison, précise-t-il, comme si ce détail le rendait digne de confiance. Il a des informations à me communiquer de toute urgence et me donne rendez-vous dans un parc de Wiesbaden. Tel endroit, telle heure. Je dois venir seul, surtout. Alors que je m'apprête à effacer le reste des messages, j'entends une voix de femme. Une intuition me pousse à écouter le message jusqu'au bout. Peut-être parce qu'elle parle avec un accent suisse, pour lequel j'ai toujours eu un faible. Peut-être aussi parce que ce qu'elle a à dire n'a rien d'obscène.

Son message, malgré sa concision, me cloue sur place. Mon interlocutrice est bien placée pour savoir ce que j'ai subi. Non pas parce qu'elle a lu des ouvrages sur la pédophilie, ni parce qu'elle est thérapeute, mais parce qu'il lui est arrivé la même chose. Elle me donne un numéro de portable. À moi de décider de la rappeler ou non. Mais elle serait ravie de discuter plus longuement avec moi.

J'écoute finalement le reste des messages d'une oreille distraite. Ils ressemblent peu ou prou à celui laissé par l'homme à la voix rauque. Mais peu importe. Ce qui compte, c'est que, quelque part, il y a une personne dont je partage le vécu. Le vécu : tout est là.

Un jour, un collègue dépressif m'a dit qu'on ne pouvait pas se mettre à sa place tant qu'on n'était pas passé par là.

Je ne suis pas dépressif. Du moins, contrairement à mon collègue, je ne suis ni apathique ni suicidaire. Je suis conscient de ma chance. C'est même un miracle, étant donné mon passé. Et quand je pense que quelqu'un qui a vécu la même chose veut me rencontrer, j'ai l'impression d'avoir touché le gros lot. Il faut que je le fasse, il faut que je rappelle cette femme.

Mais pas tout de suite. Comme à mon habitude, je me montre extrêmement prudent. La nuit porte conseil. Si je n'arrive pas à fermer l'œil, ce qui est fort probable, vu mon état, j'attendrai encore un peu. Je la rappellerai peut-être dans trois jours, la semaine prochaine, voire encore plus tard. Il m'a fallu un quart de siècle pour ouvrir le coffre-fort de ma mémoire, je ne suis plus à ça près. Cela me réconforte de penser que l'article n'a pas intéressé que des détraqués. Je m'apprête peut-être à vivre une expérience que je n'aurais jamais crue possible : un dialogue d'égale à égal.

Je hurle à pleins poumons.

— Un rat, un rat, un rat !

À partir de là, tout va très vite. Adam Geist bondit, tandis que le rat traverse la caravane à toute vitesse. Il essaie de l'écraser à coups de pied. Il est rapide. Il est dangereusement rapide. Quand il sort de sa torpeur, il peut se montrer très vif. Il vise le rat une fois, deux fois, mais l'animal l'esquive et court se cacher sous la table, parmi les détritus. Adam Geist fouille avec un bâton dans le tas d'ordures. Pendant ce temps, je me recroqueville sur le lit. J'ai de plus en plus mal au cœur. Je ne veux pas de rat ici, mais je ne veux pas non plus qu'Adam Geist le tue. Il réapparaît entre un vieux chiffon et quelques planches de bois. Adam Geist lui assène des coups de bâton. Le rat couine, puis ressort. Il tente de retraverser la caravane en sens inverse, mais il semble blessé. Il perd l'équilibre à plusieurs reprises. Dans un dernier effort, il se traîne jusqu'à la porte. Adam Geist lève le bâton et frappe. Le rat émet un gémissement. Il ne parvient pas à se faufiler sous la porte. Adam Geist en profite pour l'écraser. J'entends un bruit horrible, comme une explosion. Adam Geist tape du pied, encore et encore. À la place du rat, je vois un monceau de chair qui tressaille. On dirait la charogne trouvée par Thorsten, sauf que l'animal est toujours en vie. Je ne peux m'empêcher de le regarder agoniser. Adam Geist, lui, s'en fiche. Il s'accroupit sous la table et fouille les détritus à mains nues. Il finit par sortir une bouteille de bière. Il la décapsule sur le rebord de la table, puis la porte à sa bouche. Après en avoir bu la moitié, il se tourne vers moi et me fixe de ses yeux gris et froids.

—Pas la peine de crier. Je ne veux pas que tu cries. Ne t'avise pas de recommencer. Personne ne doit t'entendre, pigé ? Personne.

Il parle tout doucement. Dans ces moments-là, j'ai encore plus peur de lui. J'arrive à balbutier un faible « Oui ». Je ne crierai plus jamais, quand même la caravane serait envahie par des dizaines de rats. Mes yeux se posent sur le rongeur, dont le corps est secoué de soubresauts. Il n'est toujours pas mort. Adam Geist me regarde, sa bouteille à la main. Il boit au goulot. Sa barbe est trempée de bière. Quand il se tient ainsi devant moi, il n'a qu'une seule chose en tête. Que je sois d'accord ou non, peu importe, il arrivera à ses fins. Il est capable de m'écraser. Il ouvre sa braguette. Je sais alors que je suis fait comme un rat.

J'ai tapé la phrase qui figure à l'écran sans m'en rendre compte. « De cette façon, j'ai monnayé ma survie. » Certes, c'est la vérité. Mais au moment où je lis ces mots, j'ai l'impression de revoir le sourire pervers d'Adam Geist. Je supprime la phrase lentement, lettre après lettre.

De cette façon, j'ai monnayé ma survie.

De cette façon, j'ai monnayé

De cette façon,

Je décide de tout arrêter. De ne plus me souvenir. De ne pas rappeler la femme qui m'a laissé un message. Je ne veux plus jamais retourner « sur les lieux ». Je vais clouer une pancarte à ma porte. « Vous êtes journaliste ? Passez votre chemin. » Cela vaudra aussi pour les réalisateurs. C'est fini. Fini, fini, fini. Il faut que je parte. Que je quitte cet appartement et que j'aille m'installer en Autriche. Ou ailleurs. Plus loin.

« De cette façon, j'ai monnayé ma survie. »

Plus question d'en parler.

Je veux vivre en paix, tout simplement.

Quelques centimètres seulement me séparent d'Adam Geist. Il ne dort pas. Il me fixe, imperturbable. Je ne sais pas ce qui m'effraie le plus : quand il donne des coups de poing dans le vide en criant ou quand il est calme. Je n'ai pas répondu, lorsqu'il m'a demandé si j'acceptais d'être son ami. Et je ne veux pas répondre. Je la connais, cette question, car nous nous la posons souvent, entre enfants. Si la réponse est oui, on fait partie de la bande, sinon tant pis. Je ne veux pas appartenir à Adam Geist. Il ne mérite pas mon amitié, au contraire. Un ami ne m'infligerait pas pareils sévices.

À neuf ans, on distingue déjà ses amis de ses ennemis. Ainsi, mes copains et moi formons une bande. Notre territoire s'étend de la rivière aux premières maisons jouxtant le potager collectif. Là, il nous arrive de croiser la bande rivale, dont le terrain de jeu est adjacent. Chaque groupe prend soin de ne pas empiéter sur les plates-bandes de l'autre. Quand cela arrive – c'est parfois inévitable –, nous nous bagarrons. Ces affrontements obéissent à un règlement précis et respecté de tous. Nous sommes armés d'épées en bois, d'arcs, de flèches et de lance-pierres. Si des saignements de nez ne sont pas à exclure, de façon générale, les blessures sont peu fréquentes, et jamais occasionnées volontairement. Nous organisons également des tournois de lutte. Le premier à plaquer son adversaire au sol est déclaré vainqueur. Celui qui mord la poussière doit reconnaître sa défaite en disant : « J'abandonne. » Alors, le vainqueur se doit de le lâcher. Le règlement est connu des membres de chaque bande. Parce que nous en parlons. Parfois, même, nous nous disputons à son sujet. En tout cas, dès qu'il n'est plus respecté, nous arrêtons de jouer.

Adam Geist, lui, ne joue pas.

Comment pourrait-il être mon ami ?

Mais je dois raisonner en adulte, et non plus en enfant. D'où mon interrogation : le règlement est-il différent pour les grands ? Je ne sais pas si mon père a fait partie d'une bande. Si oui, il ne l'a jamais évoquée. Il a bien des amis que nous voyons le week-end. Soit ils passent à la maison, soit nous allons nous promener tous ensemble. Ils se taquinent et rient à des blagues que je ne comprends pas. Manifestement, ils s'entendent bien. Jamais un mot plus haut que l'autre. Entre enfants, c'est différent. Nous nous traitons de « débile », d'« imbécile », de « couillon » sans que personne ne se vexe. C'est un jeu comme un autre. C'est à qui connaîtra le plus de gros mots, courra le plus vite, sautera le plus haut et lancera le plus loin. Par exemple : « Hé, couillon, tu as vu jusqu'où il est allé, mon caillou ? » Nous rions de ces insultes, car nous savons qu'elles ne sont pas méchantes.

Nous sommes gentils entre nous. Adam Geist, lui, n'est pas gentil.

En fait, je crois qu'Adam Geist ne connaît pas la gentillesse. Il ne peut donc pas être mon ami. Non, là, je raisonne comme un enfant. Il faut que j'essaie de penser comme mon père. Pourrait-il apprécier quelqu'un de méchant ? Il n'a que des amis gentils, du moins, j'en ai l'impression. Quand ils viennent à la maison ou qu'on va se promener avec eux, tout se passe bien. J'en déduis que mon père et Adam Geist ne pourraient jamais être amis.

C'est à cause de sa méchanceté qu'Adam Geist vit tout seul. Conclusion : lui et moi ne serons jamais amis. Que je raisonne en enfant ou en adulte.

Mais une pensée me taraude. Ou plutôt, une intuition.

Elle me dit que mon salut dépend de cette amitié. Que si je veux continuer à vivre, ma réponse ne doit plus tarder.

Oui, je veux continuer à vivre !

Je veux vivre !

Chaque jour un peu plus !

Depuis l'épisode du rat, mon instinct de survie est décuplé. Je refuse qu'on me dévore. Je refuse qu'on vienne me grignoter les doigts, les orteils ou le nez. Un point c'est tout. Inutile de réfléchir plus longtemps. Adam Geist m'inflige les pires sévices, et pourtant, je lui dis :

— Je veux être ton ami.

Il sourit de toutes ses dents.

— Est-ce que j'aurai un surnom ?

Après quelques secondes d'hésitation, je lui dis ce qu'il a envie d'entendre.

— Adi. Tu t'appelleras Adi.

Il me prend le bras, m'attire vers lui, plaque sa bouche sur la mienne, puis me lâche et dit :

— Tu sais quoi ? Tu es mon premier ami.

J'appelle des dizaines de restaurants. D'habitude, je n'ai qu'à claquer des doigts pour trouver un nouvel emploi, mais c'est au moment précis où j'en ai un besoin vital que j'accumule les refus. Ce n'est pas très étonnant, car les grands établissements se sont déjà organisés pour la saison à venir. Je dois maintenant compter sur des désistements de dernière minute et prendre mon mal en patience. Mais je vais devenir fou !

Je m'en veux d'avoir enclenché ce processus, alors que la guérison et moi, ça fait deux. Quand j'ai vingt-deux ans et que je tourne mal, je prends la décision la plus importante de ma courte vie : je demande à être interné. J'en ai un souvenir flou, cotonneux comme un nuage. À l'hôpital, je côtoie des alcooliques, des toxicomanes prêts à tout pour calmer les symptômes du sevrage, des victimes de viol. Il y a également une psychologue à qui je dois exposer les raisons de ma présence. Je lui explique que j'ai été enlevé quand j'avais neuf ans. Elle me pose une question, et soudain, me voilà incapable de prononcer un mot. À la deuxième, je suis au bord des larmes. À la troisième, je pleure à torrents.

Je ne peux pas. Je ne peux pas, je ne peux pas, je suis tétanisé. Elle me tend un gobelet. Au bout de quelques minutes, une douce chaleur m'envahit. Je me sens beaucoup mieux. Seulement, plus je sèche mes larmes, moins j'ai envie de parler. Je revois la psychologue deux ou trois fois, mais je reste fermé comme une huître. Je préfère gober des psychotropes. Ils m'apaisent et m'aident à dormir, un progrès non négligeable, étant donné que je souffrais d'insomnie depuis des mois. Pour autant, je ne suis pas prêt à parler du passé. La psychologue pense que j'en ressens le besoin, d'où ma demande d'hospitalisation. Elle a certainement raison, mais ma parole est verrouillée, comme si j'avais la bouche fermée par plusieurs cadenas dont j'aurais égaré les clés. Je me souviens d'avoir déjà consulté.

Tout commence après ma libération. Au lieu d'être à l'école avec mes camarades de CM1, je reste enfermé chez moi. Mes parents décident de m'emmener voir un médecin. Peut-être parce que, depuis plusieurs semaines, je n'arrive plus à franchir le seuil de l'appartement. Peut-être parce que je ne peux plus dormir seul dans mon lit. Toutes les nuits, je rejoins mes parents dans leur chambre et je les empêche de fermer l'œil.

Mon père me conduit chez un thérapeute qui se trouve à Wiesbaden. À première vue, c'est un cabinet classique, mais le médecin qui me reçoit est psychiatre. Je ne sais pas ce que ce mot signifie ni si cet homme a l'habitude de soigner les enfants. Une chose est sûre : il est glacial. Il m'annonce qu'il va m'observer « en situation ». Je ne comprends pas ce qu'il veut dire par là. J'ai peur de lui, je veux partir.

Mais je n'ai pas le choix. Le psychiatre pose des images sur la table et me demande ce qu'elles m'inspirent. Je ne vois rien, à part des taches d'encre.

Et je ne me prive pas de le lui dire.

Le psychiatre insiste. Leur forme m'évoque forcément quelque chose.

J'ai l'impression d'être à l'école, quand l'institutrice m'interroge et que je n'ai pas la réponse. Et, surtout, d'entendre Adam Geist, qui me harcelait de questions auxquelles je devais impérativement répondre, même si je ne savais pas de quoi il retournait. En l'occurrence, sur ces fiches, je ne distingue que des taches. Je n'en démords pas. Le psychiatre s'impatiente, fait entrer mon père et l'informe que je refuse de coopérer. Encore un mot que je ne connais pas, mais je devine que ce n'est pas un compliment. Sur le chemin du retour, mon père me dit gentiment que je devrais au moins essayer de répondre au psychiatre, que cela m'aiderait à me sentir mieux. C'est d'accord. Mais je n'ai pas envie d'y retourner. Au cabinet, celle qui est gentille avec moi, c'est la secrétaire. Elle n'est pas froide. Elle joue avec moi dans la salle d'attente. Elle me caresse les cheveux. Elle me montre un livre illustré de vrais dessins. Puis le psychiatre me fait entrer. Il me tend une dizaine de fiches. Donc autant de taches d'encre.

— Qu'est-ce que tu vois ?

— Un chien. Un chien mort. Il baigne dans son sang.

J'aurais pu parler du rat ou de la charogne, mais ce n'est pas ce que je vois. Alors j'invente. Si j'ai bien retenu une chose de la séquestration, c'est que les adultes veulent des réponses, quitte à ce qu'on leur raconte des salades. Je suis doué pour l'improvisation. J'ai pu m'entraîner longuement, ces derniers temps. Le psychiatre prend des notes. Je dois y retourner une troisième fois et trouver encore autre chose. Après le chien mort qui baigne dans son sang, je parle d'un oiseau écrasé par une voiture. Écrabouillé. Après plusieurs séances, le psychiatre rédige un rapport. On peut y lire qu'il n'est « guère optimiste pour l'avenir ». Je l'apprends plus tard, à seize ans. Mes parents s'inquiètent beaucoup à mon sujet et me disent ce que le psychiatre a écrit. Il semble avoir vu juste. De toute façon, les psychiatres ont toujours raison, quoi qu'ils disent. Y compris quand ils ont tout faux. Y compris lorsqu'ils affirment qu'Adam Geist ne représente plus aucun danger pour la société et que, peu après sa libération, il enlève et viole un deuxième enfant. J'en conclus qu'ils ne sont pas dignes de confiance. Sous prétexte qu'ils ont étudié, ils se croient omniscients. Or, pour reprendre les mots de mon collègue dépressif, les gens qui ne sont pas passés par là ne peuvent pas imaginer ce que je ressens. La souffrance ne s'apprend pas dans les livres. L'empathie non plus. Le psychiatre en est totalement dépourvu. Peut-être me serais-je montré plus coopératif avec sa secrétaire. Peut-être m'aurait-on prédit, dans le rapport final, un avenir prometteur.

Les choses ne se sont pas déroulées ainsi. Les conclusions du psychiatre ont tourné à la prophétie autoréalisatrice. J'y repense en contactant les restaurants. Même ça, ça ne marche pas. Je suis un perdant, je n'ai pas confiance en moi, on peut me mener par le bout du nez, je me laisse violer. J'ai parfois l'impression qu'un gros nuage noir, annonciateur d'un orage, plane au-dessus de ma tête. Mon collègue dépressif employait la même image. Mais, contrairement à lui, je ne laisse pas le nuage m'envelopper. J'arrive à le repousser. Dès que je sens la tristesse me gagner, je pagaye avec les bras, comme en Espagne. J'avance à toute allure pour retrouver la sécurité du rivage. Il faut simplement que je sois plus rapide que le requin. Ou, en l'occurrence, que le nuage. Une fois sur la plage, quand je poserai le pied sur le sable, tout ira bien. Et Dieu sait que je peux pagayer vite ! Je l'ai prouvé plus d'une fois au cours de ma vie.

J'essuie un énième refus. Sentant qu'un gros nuage noir se forme et menace de pomper toute mon énergie, je commence à pagayer. Tandis que je me démène pour avancer, mes yeux se posent sur le bloc où j'ai noté le numéro de la Suissesse. Mes doigts le composent machinalement. Je tends l'oreille.

Tuut.

Tuut.

Une voix ensommeillée, teintée d'un bel accent suisse, répond.

— Michaela à l'appareil. Dites donc, vous avez vu l'heure ?

L'homme qui me demande de l'appeler Adi a beau répéter que je suis son ami, il n'a pas le moindre scrupule à m'enfermer dans la caisse. Il ne sait rien de l'amitié, rien du tout ! Dans ma bande d'amis, quand l'un pleure parce que l'autre y est allé un peu fort avec son épée, son lance-pierre ou son arc et ses flèches, c'est, pour tout le monde, le signe qu'il faut rendre les armes. Certes, parfois, celui qui pleure est traité de mauviette, mais le règlement, c'est le règlement. Dans une de nos bandes rivales, composée d'adolescents plus brutaux, c'est le contraire. Ils n'y vont pas de main morte et prennent plaisir à voir leur victime pleurer. Peut-être parce qu'ils sont plus âgés. Je ne sais pas comment réagiraient mon père et ses amis. En tout cas, avec Adam Geist, les choses sont claires : plus je pleure, plus il se fâche. Lui non plus n'y va pas de main morte. Or, quand il m'enferme dans la caisse, je fonds systématiquement en larmes. S'il était vraiment mon ami, il m'épargnerait ça. Sans parler du reste.

Il n'oublie jamais d'empiler les grosses pierres. Qu'est-ce que je fais, si un rat se faufile jusqu'à moi ? Je suis certain qu'un rat peut entrer sans problème dans la caisse, s'il réussit à se glisser sous la porte. Cette idée suffit à me rendre malade. Elle m'obsède. J'imagine déjà le rat entrer et commencer à me grignoter le nez. Comment le chasser, alors que je peux à peine bouger ? En changeant tant bien que mal de position, je repère une petite fente. J'essaie d'y coller ma bouche pour avoir plus d'oxygène, car j'étouffe. Et peut-être réussirai-je à voir quelque chose ? Si je parviens à me décaler un peu... Encore un peu, encore un peu... Non. Je suis coincé, mais maintenant, je peux déplier le bras et pousser contre le couvercle. Il va bien finir par céder ! Je m'énerve contre moi-même, je m'en veux d'être aussi chétif. Si je ressemblais à Tarzan ou si j'étais doté d'une force surhumaine, j'enverrais valser ces pierres. Je me démène, comme un beau diable, je pousse de toutes mes forces. Et j'ai beau me prendre vraiment pour Tarzan, le couvercle ne bouge pas d'un pouce. Je ne renonce pas pour autant. Je profite du moindre centimètre de libre pour cogner, taper, tambouriner. Je crie, je hurle, peu importe si Adam Geist m'entend ! Il doit bien y avoir quelqu'un d'autre dans les environs. Peut-être qu'un voisin ou un passant s'arrêtera et me viendra en aide. Je ne suis quand même pas seul, tout seul, si seul...

Mes hurlements deviennent des pleurs, mes pleurs deviennent des sanglots, mes sanglots deviennent des suffocations. Épuisé, j'essaie de reprendre ma respiration. Les coups et les cris consomment beaucoup d'oxygène. Je dois prendre garde à ne pas mourir étouffé dans cette caisse. J'ai besoin de plusieurs minutes pour me calmer.

Pour m'aider, je m'imagine à la maison, allongé dans mon lit, emmitouflé dans une couverture. Je la rabats sur ma tête et lis *Le Journal de Mickey* en cachette, à la lumière de ma mini-lampe de poche. Ma lecture est d'autant plus palpitante qu'elle est secrète. Mickey n'abandonne jamais, il vient à bout de n'importe quelle situation. Je lis jusqu'à ce que mes yeux se ferment. J'éteins la lampe et sombre dans un profond sommeil. Tout va pour le mieux, car mes parents, couchés dans une chambre voisine, sont là pour me protéger. J'ai complètement oublié que je suis enfermé dans une caisse, sans savoir si Adam Geist reviendra et me laissera sortir ou si les rats m'attaqueront les premiers. Mickey peuple mes rêves.

Je n'appelle pas à une heure particulièrement matinale, mais, la veille, Michaela avait quelque chose à célébrer et ne s'est pas privée de faire la fête. Elle a de quoi être heureuse. Premièrement, elle mène une belle carrière de courtière d'assurances. Deuxièmement, elle a une jolie petite fille. Et, surtout, elle a réussi à repartir de zéro. Rares sont les personnes à pouvoir fêter un nouveau départ, une renaissance. Michaela est de celles-là. Je ne peux pas en dire autant. Le nuage noir plane au-dessus de ma tête, et la catastrophe est imminente, pour reprendre sa formule. Je ne lui en veux pas de dire ça, car elle sait de quoi elle parle. Elle n'est pas psychiatre, elle n'a pas suivi d'études de psychologie ni lu sur le sujet, mais impossible de la berner. Elle sent que je navigue en eaux troubles. Car elle est victime, comme moi.

Je ne me souviens pas en détail de toute notre conversation. Michaela raconte qu'elle a lu l'article, où je l'ai interpellée par ma franchise. Elle m'a cherché sur Facebook. En comparant ma photo de profil avec celle parue dans le magazine, elle s'est dit : « Bingo, c'est bien lui. » Puis elle a tapé mon nom dans Google. Elle n'a pas trouvé grand-chose, à part mon numéro de téléphone. Elle m'a ensuite laissé un message, mais sans s'attendre réellement à ce que je la rappelle.

Et pourtant. Michaela est comme une âme sœur. Alors que je traverse l'une des périodes les plus sombres de mon existence, je discute avec elle d'égal à égal. Elle propose que nous nous voyions. Pas pour un rendez-vous galant, précise-t-elle en riant. J'aime la façon dont elle s'exprime. C'est important, de savoir choisir ses mots. Grâce à eux, j'ai su manipuler Adam Geist. Je leur dois ma survie.

— Je ne vais pas bien, confié-je à Michaela. Non, je dis n'importe quoi : je me sens très mal.

Michaela comprend. C'est le contrecoup, après la parution de l'article. Selon elle, j'ai été très courageux d'accepter l'interview. Effectivement, je n'avais pas vu les choses sous cet angle. Je lui explique que j'ai voulu me rendre utile, m'aider moi-même et aider les autres. Or, jusqu'à présent, seuls les détraqués se sont manifestés.

Michaela rit.

— Je sais bien. Les gens normaux ne vont pas décrocher leur téléphone et t'appeler. Ils ne s'en prennent pas non plus aux enfants. Non, ce sont les psychopathes, les pervers, les marginaux, les solitaires, les exclus. Des gens comme Adam Geist et Werner Ferrari. Eux, ils appellent.

— Werner Ferrari ? Qui est-ce ?

— Un type qui mérite de brûler en enfer.

Je me suis longtemps demandé pourquoi je n'avais pas d'enfants. Certaines filles que j'ai connues se seraient bien vues fonder une famille avec moi. Mais une part de moi s'y refusait, et j'imputais cette réticence à ma profession. À quoi bon avoir des enfants, quand on mène une vie de nomade ? Lorsque, en réponse à la réalisatrice, j'ai dit face caméra que je voulais être père, j'ai senti mon cœur se serrer dans ma poitrine. Je pense que si j'ai ce nuage noir qui plane au-dessus de ma tête, c'est aussi parce que ce sujet me tourmente. Je n'ose pas sauter le pas. Non pas par peur d'élever mal mon enfant – je pense que je ferais un bon père –, mais par crainte des mauvaises rencontres. Dehors évoluent des requins nommés Adam Geist ou Werner Ferrari. Or, quand on est parent, si on commence à penser aux pédophiles et aux assassins d'enfants, on devient fou !

Werner Ferrari, m'explique Michaela, est un violeur et un tueur d'enfants. Contrairement à Adam Geist, ce n'est pas un marginal mal rasé. Non, il se fait passer pour un prêtre. La plupart du temps, il passe à l'acte dans les squares. Il repère une petite fille ou un petit garçon, vérifie qu'il n'y a pas de témoin et frappe. Lorsqu'il commet son premier crime, en 1971, Michaela n'est pas encore née. Il est condamné à dix ans de prison pour le meurtre d'un jeune garçon, mais n'en purge que huit, puis récidive. Un jour, il remarque Michaela, onze ans, qui joue avec une amie au square situé en bas de chez elle. Ferrari n'est pas de ces pédophiles qui obéissent à une pulsion. Non, il surveille les deux fillettes et note leurs habitudes. Normalement, un homme en soutane qui déambule sur une aire de jeux devrait attirer l'attention. Or, personne ne le remarque. Il n'a donc aucun mal à kidnapper

Michaela et son amie. Il leur dit qu'elles n'ont pas intérêt à crier, sinon il les tuera. Là aussi, la menace fonctionne. Ensuite, ce qu'il leur fait subir dépasse l'entendement. Paniquée, affolée, Michaela profite d'un moment d'inattention pour s'enfuir. Quelqu'un se porte à son secours. Pour son amie, c'est trop tard. Ferrari l'a assassinée.

Michaela raconte très posément. Nous discutons longuement. Elle a été hospitalisée afin de suivre une thérapie. Je lui dis tout le mal que j'en pense.

— Tu n'as pas trouvé le médecin qui te convenait, dit-elle. Tu serais prêt à réessayer ?

— Bien sûr, réponds-je sans hésiter.

Je n'ai pas pour habitude de dire non.

— Mais je ne veux plus qu'on se fiche de moi, m'empressé-je d'ajouter.

— Tu accepterais que je te rende visite ? Je pourrais venir en train.

— Bien sûr, répété-je, là encore spontanément.

Comment refuser, au terme d'une telle conversation ?

Nous avons du mal à convenir d'une date. J'aimerais repartir très vite et le plus loin possible. Quant à Michaela, elle est très prise, entre son travail et sa fille de neuf ans. Elle la choie. Surtout, elle la protège.

Finalement, nous trouvons un créneau en avril. À ce moment-là, je sais que le propriétaire d'un quatre étoiles peut bien me contacter en personne pour m'embaucher, je déclinerai sa proposition. En avril, hors de question de m'absenter. Car Michaela viendra, et j'ai hâte. J'aurai rendez-vous avec une inconnue qui ne l'est pas tant que ça, car nous avons le même vécu.

Je ne me réveille que lorsque Adam Geist ouvre la caisse. Il me regarde fixement. Tout de suite, je pense à la nourriture. Pourquoi rentre-t-il les mains vides ? Quand il sort de la caravane, s'en va, spontanément, je me dis qu'il est parti chercher à manger. Pourquoi s'absenterait-il, sinon ? Il me fait sortir de la caisse en silence. Il a l'air contrarié, peut-être parce qu'il n'a pas réussi à capturer de lapin. D'ailleurs, où avait-il trouvé celui de la dernière fois ? Je ne l'imagine pas courir à travers champs pour le capturer, encore moins aller chez le boucher. Je ne pense pas qu'il ait de l'argent, en tout cas, je ne l'ai jamais vu avec un portefeuille. Il a dû voler le lapin à quelqu'un, et aujourd'hui, s'il est effectivement sorti en espérant recommencer, il est rentré bredouille. C'est sans doute pour cela qu'il est si morose. À moins qu'il y ait autre chose. Adam Geist a des sautes d'humeur, son attitude peut changer d'une seconde à l'autre. D'où la peur qu'il m'inspire. Je suis sans cesse sur le qui-vive. Heureusement, je sais comment l'amadouer : en lui disant bonjour ou en l'appelant Adi. Cependant, ce n'est pas parce qu'il me prend pour son ami que je dois baisser la garde. Même s'il faut que je sois gentil, je ne peux pas me comporter avec lui comme avec ma bande de copains. Quand nous nous traitons mutuellement d'« imbécile », de « couillon », de « petite crotte », c'est pour rire. Pour nous témoigner notre affection, sans verser dans la mièvrerie. Or, je suis certain qu'Adam Geist n'acceptera pas ce genre de familiarités. Il ne tolérera pas que je lui dise merde, par exemple. Aussi dois-je me montrer extrêmement prudent et lui parler comme à un ami, mais pas tout à fait non plus. Plutôt comme à un garçon qui viendrait d'emménager dans le quartier, ne connaîtrait personne et voudrait jouer avec nous, mais sans oser demander. Comme quelqu'un qui nous regarderait de loin, jusqu'à ce que nous l'invitions à se joindre à nous. J'ai trouvé. Je dois m'adresser ainsi à Adam Geist. Comme à un garçon que je ne connais pas et qui veut jouer avec moi. Cela implique de l'observer attentivement, tout comme mes amis et moi épierions le nouveau venu. Je repense alors au jour où la maîtresse nous a fait observer une goutte d'eau au microscope. Nous avons constaté qu'elle fourmillait de vie, d'organismes invisibles à l'œil nu qui s'entrechoquaient. Jürgen a décrété que l'eau était infestée de cochonneries et qu'il n'en boirait plus jamais. La maîtresse, pour le rassurer, a précisé que cette eau avait été stockée dans un endroit chaud afin que nous puissions observer ces microorganismes. Ils n'étaient pas présents dans l'eau du robinet, nous pouvions donc la boire sans crainte. Jürgen était soulagé. Peut-être que chez Adam Geist aussi, ce sont des organismes microscopiques qui provoquent ces sautes d'humeur. Pour la première fois depuis l'enlèvement, j'ai envie de rire. Il suffit de voir sa barbe et ses cheveux pour comprendre qu'il est taré. Adam Geist est une pauvre merde.

Je suis à ma place habituelle, sur le matelas. En voyant Adam Geist tourner en rond et prendre des objets, puis les reposer, je ne peux me retenir plus longtemps de pouffer. Il sursaute et me fusille du regard.

— Qu'est-ce que tu as à ricaner ? Tu te moques de moi, là ?

Pétrifié, je secoue la tête et guette sa réaction. Tout peut arriver. Comme souvent, Adam Geist se tient devant moi, les bras ballants.

— Il n'y a pas de quoi rire. Il n'y a jamais de quoi rire, avec moi.

J'ai une boule dans la gorge. La plupart du temps, quand Adam Geist est dans cet état, il finit par s'en prendre à moi. On dirait un château de cartes qui menace de s'écrouler d'une seconde à l'autre. Dans ces cas-là, il craque et donne des coups de poing dans le vide. Ou il me frappe, si je suis à sa portée. Pour éviter que la situation dégénère, j'essaie de détourner son attention.

— Tu viens d'où, Adi ?

J'ai beau parler d'une voix étranglée, je suis soulagé d'avoir réussi à émettre ces quelques sons, car il cesse de me regarder fixement.

— De Mayence. Pourquoi tu me demandes ça ?

Un enfant qui vient d'arriver dans le quartier, ne connaît personne et veut jouer avec nous ne répond jamais sur ce ton. Nous n'acceptons pas les nouveaux qui nous posent des questions pièges. En général, ils préfèrent ne pas trop parler. J'essaie, non sans difficulté, de me mettre en situation : si Adam Geist voulait intégrer notre bande, qu'est-ce que mes amis et moi lui demanderions ?

— Tu as des frères et sœurs ?

— Un frère. Il vit aux États-Unis.

— Aux États-Unis ? Ouah…

Je suis sincère. Mes figurines Maîtres de l'Univers viennent justement d'outre-Atlantique. Musclor, mon héros, est américain ! Je veux en savoir plus.

— Où ça, aux États-Unis ? Il travaille dans quoi ?

Adam Geist hausse les épaules.

— Aucune idée. Il est parti et ne m'a plus jamais donné de nouvelles.

— Ça fait longtemps ? Pourquoi tu ne l'appelles pas ?

Pas de réponse. Le silence d'Adam Geist devient pesant. Après plusieurs secondes d'intense réflexion, je pense à une nouvelle question.

— Elle était où, ton école ?

— Hé, dis donc… Calme-toi un peu. Je suis pas beaucoup allé à l'école. C'était pas mon truc.

Discuter avec Adam Geist n'a rien d'une sinécure. Il répond systématiquement à côté. Je me creuse la tête pour trouver autre chose à demander, car tant qu'il parle, il ne me frappe pas. Ou pire. Ah, j'ai trouvé.

— Ils sont où, tes parents ?

Là encore, il ne répond pas vraiment.

— Ils me maltraitaient. Je ne mangeais jamais à ma faim.

Je suis à court d'idées.

— C'était vraiment horrible, ajoute-t-il après un silence.

Je confirme. J'ai une faim de loup. Je ne sais pas ce qu'il reste des trente kilos dont j'étais si fier. Mais il y a pire : la soif. Ma bouche est tellement sèche que j'ai du mal à articuler. C'est peut-être la raison pour laquelle je m'écrie tout à coup :

— Moi aussi, j'ai faim ! J'ai soif ! Tu me maltraites ! Tu n'es pas mon ami !

Cette fois, je n'ai pas pris le temps de peser chaque mot avant de parler. Si j'avais réfléchi, je n'aurais jamais osé. Mais ça y est, j'ai dit ce que j'avais sur le cœur, et je ne peux plus revenir en arrière. Reste à espérer qu'Adam Geist ne réagisse pas trop violemment. D'un autre côté, l'autre jour, n'a-t-il pas exigé de moi la vérité ?

— Si tu ne t'occupes pas de moi, je ne suis plus ton ami, marmonné-je tout aussi spontanément.

Là encore, je prends exemple sur ce qui se passe dans notre bande. « Je ne suis plus ton ami » ou « Tu n'es plus mon ami » sont des propos qui reviennent régulièrement. Nos chamailleries ont pour cause un jouet ou un vélo monopolisés, des équipes déséquilibrées, une cachette révélée, une glace renversée, un coude qui empêche de copier, un cartable volé pour de faux, des orties fourrées sous un T-shirt, une fuite face à la bande rivale. Une amitié peut être perdue et regagnée dans la foulée, par exemple en proposant un tour sur un vélo flambant neuf, en décalant son coude ou en refilant les orties à quelqu'un d'autre. Je n'ai pas l'impression qu'Adam Geist maîtrise ces codes. Mais c'est lui qui a commencé. S'il veut être mon ami, il doit s'occuper de moi. Il doit me donner à manger et à boire. Que cela soit bien clair.

Adam Geist tourne les talons. Je me demande ce qui va encore m'arriver. Il fouille dans un tas de déchets et en sort une boîte à biscuits ainsi qu'une bouteille de Coca-Cola. Lorsqu'il la décapsule, le précieux liquide jaillit.

— Bois ça.

Inutile de me le répéter. Je porte la bouteille à mes lèvres et bois tellement vite que le Coca coule sur mon menton. J'ai tellement soif ! Pendant ce temps, Adam Geist ouvre la boîte, pioche un biscuit et la pose sur le lit.

— Sers-toi. On va tout finir.

Tandis que je me sustente, mon cerveau tourne à plein régime. Pourquoi a-t-il cédé ? Apparemment, c'est comme dans la bande. En le menaçant de ne plus être son ami, j'ai touché une corde sensible.

Mais oui, d'où le Coca et les biscuits. Adam Geist n'a sans doute jamais fait partie d'une bande et veut intégrer la mienne.

À neuf ans, je lisais de nombreux livres pour enfants qui parlaient de sport et d'amitié. J'ai alors pris conscience que les mots avaient le pouvoir d'encourager. Grâce à eux, je suis parvenu à tirer Adam Geist de sa torpeur et à lui faire assumer ses responsabilités. Pourtant, sur mes bulletins de notes, il ne figure écrit nulle part que je suis bon orateur.

J'y réfléchis tout en préparant le repas. J'aime cuisiner parce que je suis gourmand, mais aussi parce que je réfléchis rarement aussi bien qu'en émincant des légumes. C'est, pour moi, une activité quasi méditative. Je laisse libre cours à mes pensées, tandis que mon couteau découpe les tomates en cubes, débite les oignons en dés et réduit le paprika en poudre. Je ne suis pas un cordon-bleu, mais je réussis toujours mes recettes. Grâce à mon travail, j'ai souvent l'occasion d'observer le travail en cuisine. Aujourd'hui, j'ai envie de bœuf en daube, un plat qui nécessite une longue préparation. Je pourrai donc revenir tranquillement sur la littérature enfantine, l'amitié, le pouvoir des mots… et sur Adam Geist. Pendant longtemps, je n'ai plus pensé à lui. Il est désormais devenu omniprésent.

Le téléphone sonne. C'est peut-être Michaela. Pourvu qu'elle n'annule pas ! Non, j'entends une voix masculine au bout du fil. Je manque de raccrocher immédiatement. Encore un type qui veut me donner rendez-vous au parc. L'homme se présente tout de suite. Il est réalisateur et souhaite tourner un documentaire sur l'affaire.

— C'est un canular, réponds-je.

Si je connaissais ce milieu, je saurais qu'on ne perd pas de temps à jouer des tours aux gens. Mon interlocuteur m'assure qu'il est on ne peut plus sérieux. Il parle très vite. Il sent peut-être que je risque de raccrocher à tout instant. Sa société de production, basée à Wiesbaden, est en pleine négociation avec une chaîne de télévision publique.

Lorsque je lui dis qu'on m'a déjà consacré un reportage, il éclate de rire. Le documentaire qu'il a en tête durera quarante-cinq minutes, minimum. D'après lui, de nombreux sujets n'ont pas encore été abordés.

C'est le moins que l'on puisse dire. Mais je garde cette réflexion pour moi et l'informe que je ne suis pas d'humeur.

Mais comme je demeure le Sascha Buzmann enjoué, poli, attentionné et aimable, aussi marqué par les années passées dans les hôtels de luxe que par les semaines de séquestration, j'ajoute :

— Ne le prenez pas personnellement. Je suis épuisé, tout simplement.

C'est vrai. Dès que le réalisateur a commencé à me parler de son projet, je me suis senti à bout de forces. Il y a cinq minutes, j'étais de bonne humeur, j'éminçais gaiement mes légumes, et voilà que, soudain, j'ai l'impression d'avoir couru un marathon.

Le réalisateur m'assure que rien ne presse. Toutefois, il aimerait me rencontrer. Je commence à avoir l'habitude ; manifestement, tous les journalistes procèdent de la même façon. Rien à faire, je décline sa proposition. Pas aujourd'hui, pas maintenant, et mon refus n'a rien à voir avec mon bœuf en daube. Seulement, je tombe de sommeil, comme si j'avais été piqué par la mouche tsé-tsé.

Pourtant, je sens que les dés sont jetés. Pourquoi ? Sans doute parce que la société de production se trouve à Wiesbaden. Sans doute aussi parce qu'il reste, comme dit le réalisateur, de nombreux sujets à aborder. À moins que ma conversation téléphonique avec Michaela commence à porter ses fruits. Peut-être suis-je, sans le savoir, en train de suivre une thérapie ? Elle aurait débuté par l'article. Elle se serait poursuivie lors du tournage du reportage. Et elle ne serait pas terminée.

Je demande au réalisateur un temps de réflexion. Je suis dans un état de fatigue extrême, comme si on venait d'appuyer sur le bouton « off ».

Je raccroche sans noter le nom du réalisateur. Heureusement, je pense à éteindre mes plaques de cuisson, avant de m'écrouler sur le lit. Je tire la couverture au-dessus de ma tête et me recroqueville en chien de fusil. Juste avant de m'endormir, je remarque que j'ai adopté la même position que dans la caisse.

Il fait de nouveau très froid, et même Adam Geist, qui supporte mieux que moi les températures négatives, grelotte de plus en plus. Je n'ose pas lui dire que s'il n'allume pas le poêle, il ne sera plus mon ami. Adam Geist veut intégrer ma bande, mais, à l'instant, cela ne l'a pas empêché de baisser son pantalon et de me violer. Entre deux sanglots, je remarque qu'il n'a pas l'air très content. D'habitude, il s'endort tout de suite. Aujourd'hui, il arpente la caravane comme un lion en cage. De gauche à droite, de droite à gauche. En feulant.

Il faut que je me taise. Il faut que j'arrête de chialer. Sinon, c'est la caisse.

Sinon.

Je m'essuie le visage sur la couverture. Le froid est tel que j'ai les joues gelées. La fenêtre, bien que condamnée, est couverte de givre. Adam Geist tourne en rond, sort, puis rentre aussitôt.

— On n'a plus de bois. Putain.

Il jure sans plus s'arrêter. Soudain, son regard se pose sur la caisse. Puis sur moi. Je le supplie en silence. Pas la caisse, je vais mourir de froid ! Je suis persuadé qu'Adam Geist va quitter la caravane pour se mettre au chaud et qu'il ne reviendra jamais. Et moi, je mourrai dans la caisse. Non, non, non!

Je me trompe. Adam Geist n'a pas l'intention de partir. Il semble réfléchir, peser le pour et le contre. Mais à quel sujet, je n'en sais rien. Tout à coup, il lève la jambe et piétine la caisse, comme il l'avait fait avec le rat. Et, comme le rat, elle se brise en mille morceaux. Adam Geist ne s'arrête plus, à croire qu'il est devenu fou. Puis je comprends: il défonce la caisse pour en faire du petit bois. Il le prend et le jette dans le poêle. Il y ajoute quelques déchets et tente d'allumer un feu. Le tout produit une fumée très épaisse. Je suis pris d'une quinte de toux, j'ai les yeux qui piquent. Adam Geist tousse, lui aussi, et jure de plus belle. Les coups de pied qu'il assène au poêle n'améliorent pas la combustion. Des flammèches vertes lèchent les détritus. L'odeur est pestilentielle. Lorsque, enfin, une flamme jaillit dans un sifflement, Adam Geist sursaute et referme la porte du poêle. Le bois brûle pour de bon. Très vite, la caravane se réchauffe. Adam Geist est satisfait. Moi aussi, car la caisse, c'est terminé. Il ne pourra plus m'y enfermer. Que demander de plus? J'ignore encore qu'il y a pire.

« Sascha Buzmann est la preuve vivante qu'une victime de tortures physiques et psychologiques reste traumatisée à vie. »

Je me réveille fourbu, les cheveux et le T-shirt trempés de sueur. J'ai entendu cette phrase dans mon cauchemar. Non, pour être plus précis, cette phrase était mon cauchemar. Je viens de chuter dans un ravin. Soudain, j'entends un grondement. Les mots en lettres gigantesques fondent sur moi et menacent de m'ensevelir, telle une avalanche. J'essaie de m'enfuir, mais impossible de bouger d'un pouce. Mes pieds sont englués dans le sol. En baissant les yeux, je constate que les mots, lorsqu'ils touchent terre, forment une boue visqueuse qui se meut comme des milliers d'asticots. Puis ils se réagencent pour former des phrases sans queue ni tête.

victime de tortures physiques et psychologiques

preuve vivante

traumatisée à vie

Sascha Buzmann

Les mots apparaissent et disparaissent de plus en plus vite.

victime traumatisée tortures Sascha preuve à vie

Les asticots grouillent sur moi. Je gesticule pour les faire tomber, mais j'en ai partout. Ils me recouvrent, pour finalement m'enterrer. C'est à ce moment-là que je me réveille, hors d'haleine.

Je connais cette phrase, pour l'avoir lue dans l'article. Depuis, elle m'obsède.

« Sascha Buzmann est la preuve vivante qu'une victime de tortures physiques et psychologiques reste traumatisée à vie. »

« Traumatisée à vie » : ces mots me hantent. Plus loin, l'article me décrit comme un jeune homme ordinaire, mais « passif », « manquant d'esprit d'initiative » et « baissant les bras dès lors qu'il s'agit de s'imposer ».

Je me remémore mon vingt et unième anniversaire. Encore une fois, mes souvenirs sont confus. Ce jour-là, j'ai l'intention de fêter ça dignement avec les mille marks, soit cinq cents euros, que j'ai en poche. Je passe la soirée en discothèque et paie ma tournée. Bière pour tout le monde ! Quant à cet argent, je l'ai gagné, il n'est pas tombé du ciel. J'en ai encore plus à la maison, caché sous mon matelas, dans des sacs en plastique. C'est bien la preuve que je ne baisse pas les bras.

Non, le problème est ailleurs. J'ai prouvé que je savais me débrouiller, que ce soit dans la légalité ou dans l'illégalité. Seulement, je n'ai jamais su persévérer.

Je mets mon T-shirt trempé de sueur au sale. Sous une douche bien chaude, je poursuis ma réflexion. C'est faux. J'avais beau persévérer, mes projets étaient toujours contrariés. Chaque fois, c'était retour à la case départ.

Je fredonne une petite chanson de ma composition.

Retour à la case départ

Mais sans passer par la prison

Je n'ai jamais été incarcéré. La caravane est la seule prison que j'aie connue. Par la suite, j'ai eu plus de chance. Heureusement.

Au cours de ma vingtième année, je suis convoqué par l'armée en vue d'effectuer mon service militaire. Une perspective qui ne m'enchante pas, car je viens de me lancer dans un commerce très lucratif : le deal de haschich. Et je devrais aller ramper dans la boue comme un brave petit soldat ? Grelotter toute une nuit dans un char ? Apprendre à me servir d'une radio ? Non, les gars, sans façon. Lors de la visite médicale, j'évoque diverses fractures à l'épaule et au genou.

— Qu'est-ce qui vous est arrivé ? demande le médecin en voyant mes cicatrices au visage.

Ah, ce serait le bon moment pour parler d'Erdogan, mon bon copain. Je fréquente beaucoup de Turcs. À leur contact, je deviens un homme. Avant de les connaître, je ne suis qu'une mauviette pas fichue de se défendre. Pourtant, je pratique le judo depuis des années. Mais je rase les murs. Je suis poli et avenant, je ne contredis jamais mon interlocuteur. Puis je rencontre Erdogan près de l'aire de jeux, à l'endroit précis où, quelques années auparavant, une ombre… Enfin, passons. J'ai seize ans, Erdogan en a vingt et un. Quand je traîne avec lui et ses amis,

Anna et Britta se joignent à nous. Quand je suis seul, elles ne m'adressent pas la parole. Il y a aussi Arslan, qui vient d'obtenir son permis de conduire.

— Ça vous dit, une petite virée ? propose Erdogan.

Il me choisit d'office pour l'accompagner. Je suis considéré comme son ami et j'en tire un énorme avantage. J'ai fumé mon premier joint six mois auparavant. Depuis, j'ai souvent des ennuis avec mes fournisseurs. Mais pour peu que je dise : « Excuse-toi, connard, ou Erdogan va se ramener et te tabasser », on me laisse tranquille. Aujourd'hui, Erdogan n'a envie de tabasser personne. Il veut simplement partir en virée.

— Allez, Arslan ! Montre-nous ce qu'elle a dans le ventre, ta caisse.

Erdogan prend place à l'arrière, avec Anna et Britta. Je monte à l'avant, côté passager. Nous nous moquons d'Arslan, qui conduit comme un escargot. Il attend une éternité à chaque intersection avant d'oser passer, et dans les virages, c'est tout juste si la voiture ne pile pas. Erdogan finit par s'impatienter.

— Bouge, mon pote. Laisse faire le boss.

Erdogan est une tête brûlée. Comme moi, il aime rouler à tombeau ouvert sur l'autoroute.

Il me demande où je veux aller. Je propose le billard de Hochheim.

Erdogan s'élance, pied au plancher. Très vite, nous atteignons les cent kilomètres-heure. Pour rire, je lui dis qu'il devrait peut-être attacher sa ceinture. Tandis que je me roule un joint, la voiture aborde un virage. Juste avant celui-ci, un camion arrive d'une petite route secondaire et déboîte. J'entends Erdogan s'écrier : « Qu'est-ce qu'il fout, ce con ? », puis un choc terrible. Notre voiture a percuté l'arrière du camion. Je ne vois plus rien. C'est l'apocalypse.

Je me réveille dans un lit d'hôpital. Je ne peux pas bouger, mais je comprends très vite où je suis. Qu'est-ce que je fais là ? Je vois le visage de ma sœur Doris apparaître au-dessus de moi. Mes parents, Jenny et mon frère sont également présents.

— Qu'est-ce qui se passe ? Je me suis battu ?

J'ai du mal à parler.

Mes proches, eux, hésitent à répondre.

Finalement, Doris prend la parole.

— Il faut lui dire, chuchote-t-elle.

— Me dire quoi ?

— C'est à propos de ton visage…

Mon cœur bondit dans ma poitrine. Je sursaute. Si je peux encore bouger, c'est que mon état n'est pas si grave, malgré tous les tuyaux auxquels je suis relié. Lorsque je réclame un miroir, on m'en tend un à contrecœur. Je hurle en découvrant mon reflet. Je ressemble à Frankenstein. Je suis défiguré. Ma vie est fichue.

Tout le monde sort. Je ne veux plus recevoir de visites ni entendre parler de l'accident. À propos, je ne suis pas le plus mal en point. D'accord, on dirait qu'un tigre m'a lacéré le visage, d'accord, je suis sûr que plus aucune fille ne voudra de moi, mais ce n'est rien, comparé à Erdogan. Une pièce du camion a traversé le pare-brise et l'a percuté de plein fouet. Victime d'un traumatisme crânien, il est dans le coma. Les autres passagers ont été blessés, eux aussi. Anna souffre d'une fracture de la mâchoire et a perdu toutes ses dents. Arslan s'en sort avec un bras cassé. Britta, la plus chanceuse, n'a que quelques coupures superficielles. Moi, j'ai deux entorses, une au poignet et une au genou. Celle-ci me vaut de rester alité pendant un mois. Le pire, ce sont mes blessures au visage. À cause d'une infection, je suis transféré dans un établissement spécialisé. Là-bas, je reçois des soins adaptés, et surtout, mes cicatrices sont effacées au laser. À mesure que ma peau se régénère, l'infection disparaît. Je souffre le martyre mais, peu à peu, je ressemble de moins en moins à Frankenstein et de plus en plus à Sascha Buzmann. C'est un miracle de la médecine ! Je suis encore plus heureux le jour où je marche jusqu'à la salle à manger sans mes béquilles. Tout le monde applaudit, même les pensionnaires qui se retrouvent en fauteuil roulant après un AVC.

— Ne tombe pas. Tiens le coup !

Je ne tombe pas. Je tiens le coup. Je finis par me déplacer comme avant. Les quelques cicatrices qu'il me reste sur le visage ne font pas fuir les filles. Erdogan, lui, vit avec des plaques de métal dans le crâne. Il est amnésique et restera handicapé à vie.

Je m'abstiens d'en parler au médecin de l'armée. Je me dis que, de toute façon, je serai réformé. J'ai tout faux. Sur mon bilan, je lis la mention T3. Pour l'armée allemande, cela signifie qu'à moi seul, je ne repousserai pas l'ennemi, mais que je suis tout de même apte à servir le pays. Ma petite stratégie a échoué. N'étant pas quelqu'un de « passif », qui « manque d'esprit d'initiative », je décide d'appeler le service de santé des armées afin de demander une contre-visite.

Dans les années quatre-vingt-dix, l'armée allemande n'est pas très appréciée des jeunes de ma génération, et les médecins militaires doivent entendre toutes sortes de bobards. En revanche, un appelé qui réclame une contre-visite, cela n'arrive pas tous les jours.

La preuve, mon interlocuteur n'en croit pas ses oreilles. Je lui parle alors de quelque chose que peu de gens savent car, d'habitude, je n'aborde jamais ce sujet. Mais, en ces circonstances exceptionnelles, je me force à entrouvrir le coffre-fort de ma mémoire. De quelques centimètres seulement.

— Quand j'étais petit, un pédophile m'a enlevé et séquestré.

Je vise le T5. Je veux être réformé. Je refuse d'aller à l'armée. Non pour me défausser. Très franchement, j'ai une peur bleue des militaires. Je conclus par ces mots :

— Je ne supporterai pas de rester enfermé plusieurs mois en compagnie d'autres hommes.

Parfois, je profite qu'Adam Geist dorme pour me lever tout doucement. Je me déplace au ralenti. Je ne dois en aucun cas le réveiller, sinon il s'en prendra à moi. Je mets plusieurs minutes à l'enjamber. Elles me semblent durer des heures. De temps à autre, il marmonne quelques mots. Sa main est posée sur son sexe. Je suis content de ne pas le voir. Je déteste son sexe. Adam Geist cherche sans arrêt à me faire mal avec.

J'atteins le bord du lit, mais il est encore trop tôt pour poser les pieds par terre. Adam Geist vient de me violer, aussi n'ai-je pas pu voir si des rats étaient entrés dans la caravane. Je ne peux pas surveiller la fente sous la porte et, en même temps, me plier aux ordres d'Adam Geist. Il se pourrait très bien qu'un rat surgisse du tas de détritus et vienne m'arracher un orteil.

Il me faut donc redoubler de prudence. Mes yeux fouillent chaque recoin de la caravane, en particulier les ordures qui s'entassent sous la table. Derrière, j'ai repéré un trou dans le mur. Dès qu'Adam Geist s'endort, je vais y coller mon œil afin de voir ce qui se passe à l'extérieur. Il y a du mouvement ! En effet, à quelques centaines de mètres de la caravane, un escalier s'élève vers le ciel. Il y a toujours du monde qui le monte et le descend. Je me demande pourquoi personne ne prête attention à la caravane. Je me demande pourquoi personne ne m'entend crier. Pas une fois je ne vois un de ces passants tourner la tête. Ils regardent droit devant eux, du moins, il me semble. Je ne peux l'affirmer avec certitude, car ils sont trop loin. Quand je les observe en train d'emprunter cet escalier, je me demande pourquoi aucun d'entre eux ne regarde par ici. Je suis trop occupé à trouver un moyen de signaler ma présence pour m'apercevoir qu'Adam Geist se réveille. Il surgit derrière moi, m'attrape par l'épaule et m'éloigne du mur.

— Combien de fois je te l'ai dit ? N'essaie pas de t'enfuir, sinon gare à toi !

Il me frappe avec une violence telle que je tombe par terre. Puis il me soulève et me jette sur le lit.

— Tu en redemandes, à ce que je vois.

Je sais ce qu'il veut dire par là. Je ferme les yeux. Parfois, je me dis qu'il suffit d'y croire assez fort pour qu'Adam Geist disparaisse. Pour l'instant, ça n'a jamais marché. Lorsqu'il me pénètre, j'écarquille les yeux de douleur. Son sexe va et vient.

— Tu aimes ça, hein ? s'exclame-t-il soudain. Tu aimes ce que je suis en train de te faire ?

— Ce qu'il peut faire gris et froid, ici, dis-je un jour à mon copain Björn. Quelle vie de merde…

J'ai quinze ans et demi. Björn n'est pas un ami proche, juste un pote. Nous sommes dans la même classe. Après les cours, nous traînons ensemble en attendant le bus, qui met parfois une éternité à arriver. Difficile de trouver une occupation, dans ce no man's land de béton, de bitume et de grisaille entre Francfort, Mayence et Wiesbaden. Si Björn et moi errons ici, ce n'est pas par plaisir. Mais nous n'avons nulle part où aller. Nous avons donc pour habitude de nous asseoir sur un muret en attendant un bus qui finira bien par passer, à un moment ou à un autre. Et nous tuons le temps, une cigarette à la main.

Je devrais fumer moins. Mieux, ne plus fumer du tout, comme me l'a conseillé mon entraîneur de football. Il a raison, je sens que mes poumons fatiguent un peu plus à chaque séance. Mais comme je suis un bon joueur, je sais qu'il ne m'exclura pas de l'équipe. Et puis, d'autres fument aussi. Et quand bien même il me renverrait, je m'en ficherais pas mal. Je préfère le ping-pong. Je brille dans les championnats interlycées, et l'équipe régionale me tend les bras. Le mois dernier, la fédération m'a envoyé disputer un tournoi international près de la frontière avec les Pays-Bas. En double, mon coéquipier et moi avons battu nos adversaires à plate couture. Je pourrais également me consacrer au judo ou au taekwondo. Grâce aux enseignements du Grand Maître Kwon Jai Hwa, je maîtrise le grand écart. Mais, depuis quelque temps, je suis démotivé. Je ne supporte plus d'aller en cours. J'ai l'impression d'entendre toujours la même chose, de voir sans arrêt les mêmes profs qui rabâchent les intégrales, la tectonique des plaques et la photosynthèse. Jamais personne n'évoque les sujets qui me tourmentent. Par exemple, la question du destin. Est-ce nous qui le choisissons, ou est-ce lui qui nous choisit ? Et pourquoi un tel vide autour de nous ? Y a-t-il quelque chose au-delà ? Je le ressens, ce vide immense, quand je déambule dans la cour du lycée, entre les murs de béton. Il envahit ma tête. Il envahit mon corps. Je ne crois pas que Björn comprenne, quand je lui en parle, mais, au moins, il ne pose pas de questions stupides. Un bon pote, en somme.

— Moi aussi, je trouve la vie merdique, répond-il. Et ce putain de bus qui se pointe pas…

— T'as combien sur toi ?

Björn a deux marks, soit un euro. Moi, huit marks, quatre euros. Tout ce qui reste de mon argent de poche.

— On va s'acheter un truc à manger ?

— Tu préfères pas attendre le bus ?

— Tant pis, on prendra le suivant. C'est pas le seul bus de la journée.

Nous décidons d'aller à la friterie du centre commercial de Hochheim, lui aussi tout en béton. Nous traversons la rue et coupons à travers champs. En chemin, un homme nous double, me bouscule, tourne la tête, puis poursuit sa route sans dire un mot. Vingt minutes plus tard, nous voilà arrivés au centre commercial. Et qui nous attend là-bas ? L'homme qui m'a bousculé. Il vient à notre rencontre en chuchotant :

— Besoin de matos ?

Björn et moi échangeons un regard. Avec nos dix marks, nous comptions nous payer une belle portion de saucisse et de frites, ainsi qu'un Coca. Mais nous pourrions peut-être les dépenser autrement. Je fume depuis que j'ai pris conscience de la laideur du monde. Depuis que je ne supporte plus les idioties débitées par mes professeurs et mon entraîneur de football. Et depuis que j'ai de nouveaux potes qui fument, eux aussi. Il y en a toujours un qui se promène avec un joint sur lui. Je les ai déjà vus acheter du haschich. Moi, je n'en ai pas encore eu l'occasion. Tout ce que je sais, c'est que ce qu'ils proposent ne peut pas se trouver au tabac du coin.

Je renonce aux frites et au Coca.

— OK pour le matos, réponds-je sans consulter Björn.

Je sais qu'en bon pote, il sera d'accord. L'homme s'éloigne. Nous lui emboîtons le pas. Sur le chemin, qui me semble interminable, il me presse de questions. Il veut savoir quel lycée je fréquente, où j'habite, quel âge j'ai, pourquoi je traîne dehors. Il n'arrête pas. L'interrogatoire se poursuit jusqu'à ce que nous nous immobilisions enfin au pied d'un immeuble. L'homme désigne des bennes à ordures pleines à craquer.

— Attendez-moi là.

Nous nous cachons derrière les bennes. L'homme revient cinq minutes plus tard.

— J'ai cent vingt-cinq grammes. Pour cent cinquante marks, ils sont à vous.

Björn et moi ne nous attendions pas à ça. Cent cinquante marks, soixante-quinze euros, c'est plus qu'un an d'argent de poche.

— On n'a que dix marks à nous deux, réponds-je.

L'homme secoue la tête.

— Non, non, non, t'as pas compris. Tu paieras quand tu pourras.

Je ne comprends toujours pas. Pourtant, je ne suis pas complètement stupide. En cours, il m'arrive de connaître la réponse avant que le professeur ait fini de lire l'énoncé. Mais ces cent cinquante marks, je ne vais pas les sortir d'un chapeau.

— C'est très simple. Tu prends la quantité que tu veux et tu revends le reste.

J'y suis. Maintenant que j'ai compris, j'hésite. À qui pourrais-je en proposer ? Enfin, en y réfléchissant... Mes potes recherchent sans cesse de nouvelles sources d'approvisionnement... Ils sont capables d'effectuer des trajets interminables à pied et en bus car ils ont entendu dire qu'à tel endroit, à telle heure, un type aurait éventuellement de quoi... C'est plus simple d'acheter des cigarettes. On va au tabac, on demande un paquet de la marque X ou Y, et le tour est joué. À mon tour, je pourrais servir les clients. Et vendre autre chose que des cigarettes. En voilà, une bonne idée !

L'homme m'observe attentivement.

— Alors ? Qu'est-ce que tu en penses ?

Je hoche la tête. L'homme me donne la drogue et refuse nos dix marks. Sur le chemin du retour, Björn exulte. Il n'en revient pas, de ce bon deal. Je le laisse s'emballer. De mon côté, quelque chose me dit que ma vie va changer. Reste à savoir si je vais faire un bon ou un mauvais deal.

À partir de là, je perds la notion du temps. Toujours est-il que mes raquettes de ping-pong et mes chaussures à crampons prennent la poussière. Je n'ai plus envie de passer ma prochaine ceinture de judo. Mon père me crie dessus, il veut savoir d'où vient tout cet argent. Je n'ai plus le choix. Il faut que je le cache.

Je me découvre un don et un goût certains pour le commerce. Du jour au lendemain, je côtoie des personnes à qui, autrement, je n'aurais jamais adressé la parole. Erdogan, par exemple. Jusqu'à présent, j'étais invisible. Maintenant, il me tape dans le dos et rit à mes blagues. En bref, avec lui comme avec d'autres, j'ai la cote. Quant à l'homme du centre commercial, je le vois de plus en plus fréquemment.

— On a un problème, me dit-il un jour. On traîne trop ensemble, ça devient suspect.

— Sauf que moi, j'ai des clients qui attendent. Il me faut plus de marchandise.

— Justement, mieux vaut ne pas prendre trop de risque.

Il me fournit en quantités astronomiques. Pour la première fois de ma vie, j'ai mille marks, cinq cents euros, entre les mains. Même si je ne sais pas précisément à combien s'élève le salaire de mon père, très vite, je me dis que je gagne certainement plus que lui.

Bien sûr, il y a des périodes de creux. Après l'accident, je disparais quelques mois. Je rate le baccalauréat, mais je retrouve très vite mes galons de dealer. Lorsque mon champ d'action devient trop limité, je décide d'élargir ma clientèle à Wiesbaden. Un Algérien me prend sous son aile. Je suis ses consignes et ne vends plus cent grammes pour six cents marks, mais quatre-vingt-dix grammes pour cent marks. Je comprends mieux ce genre de calculs que les intégrales dont me parle le prof de maths.

Je passe mes journées dans la rue. Depuis peu, j'ai le permis de conduire, ainsi qu'une voiture. Un midi, après avoir déjeuné au restaurant, j'apprends que l'Algérien est recherché par la police et qu'elle m'a aussi dans le collimateur. On me conseille de passer ma voiture au peigne fin. Effectivement, je trouve un micro. Là, je devrais avoir peur, mais j'ai pour habitude de ne jamais m'inquiéter. L'Algérien disparaît de la circulation. Personne ne sait s'il est vivant, mort ou s'il a pris la fuite. Malgré tout, je ne songe pas à arrêter. Je me contente de penser à mes clients en rade et de vendre la drogue à deux fois le prix d'achat. Mais j'ai beau rouler sur l'or, il faut aussi que je prépare l'avenir. Pourquoi ne pas aller directement à la source ? Je me rends à Amsterdam afin de me perfectionner. J'écume les coffee shops, rencontre de nouvelles personnes, gagne leur confiance. On finit par me proposer le marché suivant. Libanais rouge : deux kilos, sept mille marks, trois mille cinq cents euros. Afghan noir : deux kilos, huit mille marks, quatre mille euros. Et du skuff, un dérivé de la marijuana qui s'émiette facilement. Voilà qui me paraît bien. J'ai dix mille marks en poche, cinq mille euros. Les prix sont plus élevés qu'à Francfort, mais si la qualité est au rendez-vous, pourquoi pas ? Les transactions ne se font jamais sur place, c'est la règle. Le gérant et moi quittons le coffee shop en voiture, puis nous nous garons sous un pont. Après quelques minutes de marche, nous nous arrêtons devant une maison qui ne paye pas de mine. L'homme sonne. Lorsque la porte s'ouvre, je tombe nez à nez avec une caméra. L'escalier en est truffé, ainsi que la petite pièce où on m'invite à entrer. D'autres clients sont présents. Nous discutons autour d'un Coca en attendant chacun notre tour.

— Si tu comptes revenir, il va falloir que tu changes de voiture, prévient le dealer lorsque je lui tends l'argent.

Bientôt, je me rends deux fois par semaine aux Pays-Bas. J'emprunte toujours la même route, celle qui passe par Cologne, Aix-la-Chapelle et Maastricht, sans changer de voiture. Je suis seul, la plupart du temps. Parfois, je propose à Ulla, ma petite amie par intermittence, de m'accompagner. Ce n'est pas très clair, entre nous. En ce moment, nous sortons ensemble, elle peut donc venir. De l'autre côté de la frontière, je renouvelle mon stock de drogue.

— J'ai envie de faire pipi, dit Ulla sur le chemin du retour.

— On ne peut pas s'arrêter maintenant, on est trop près de la frontière.

C'est là qu'a lieu la majorité des contrôles. Mais comme Ulla insiste et que je tiens à mes sièges, je finis par m'arrêter à une station-service. Ulla descend de voiture et se dirige en courant vers la station-service. Moi, je me dis que, tant qu'à faire… Je ne prête pas attention au fourgon qui se gare juste derrière moi. En revanche, je remarque le policier qui me suit jusqu'aux toilettes. Je panique, car j'ai un kilo d'afghan noir et un kilo de libanais rouge dans mon coffre. Je me lave rapidement les mains, puis regagne mon véhicule le plus discrètement possible et jette les deux paquets dessous. À son tour, le policier sort de la station-service. Il me regarde, tout en se dirigeant vers le fourgon. Heureusement, il ne m'aborde pas.

Ouf. Tout va bien. Le fourgon démarre et me dépasse à faible allure, pour finalement s'arrêter un peu plus loin. Deux policiers se ruent sur moi. Celui que j'ai croisé aux toilettes s'accroupit pour regarder sous ma voiture. L'autre se poste du côté conducteur et dégaine son arme.

— Descendez. Tout doucement, je vous prie.

Ils nous font monter ensemble dans le fourgon, Ulla et moi. Pour eux, nous sommes une petite prise. Des délinquants comme nous, ils en arrêtent tous les jours. Ils ont intercepté Ulla à l'intérieur de la station-service sans que je remarque quoi que ce soit. La voilà face à moi, tremblante comme une feuille. Lorsque je la supplie de ne rien dire, elle hoche la tête. Mais elle n'a pas l'air de bien comprendre. On nous conduit à Coblence, où on nous place en garde à vue. Les policiers de la région sont rodés. Ulla est interrogée la première. Au bout de cinq minutes, elle avoue tout. Puis c'est mon tour. Je ne démens pas, mais je refuse de signer quoi que ce soit. Les policiers insistent, car ils veulent absolument avoir le nom de mon fournisseur noir sur blanc. Ils peuvent toujours courir.

Après une nuit en cellule, Ulla et moi sommes présentés au juge. Face à lui, je prétends que je ne suis qu'une simple mule, un lycéen sans histoires. Le juge, qui a déjà entendu ce discours un million de fois, continue à m'interroger, imperturbable. Même s'il sait que je ne dis pas la vérité, il décide de ne pas me placer en détention préventive. Mes ennuis ne sont pas terminés pour autant, bien au contraire.

Le jour où je retourne au tribunal, je constate que le monde est toujours aussi gris et froid. Quatre ans et demi se sont écoulés, depuis mon premier achat de drogue. À l'issue de l'audience, je saurai si j'écope d'une peine de prison ferme ou d'un simple rappel à la loi. Quand je repense à ces quatre ans et demi, ils me paraissent irréels. Comme si je les avais vécus en simple spectateur. Or, c'est bien moi qui comparais. C'est une réalité, pas une fiction.

La juge me sermonne. Elle pense peut-être que j'ai des parents démissionnaires et que c'est à elle de prendre le relais. Elle ne sait pas que je les mène par le bout du nez. Le jour où la police est venue perquisitionner chez nous, mon père s'est énervé et m'a crié dessus, mais ma mère a pris ma défense. La juge ignore également combien je tiens à être maître de mon destin, après en avoir été l'esclave. Elle ne sait rien de mon passé, et je ne l'évoquerai pas de mon propre chef. Avant même qu'elle rende son verdict, je sais que je ne me pourvoirai pas en appel. C'est différent du service militaire. J'ai enfreint la loi, je mérite une sanction.

— Je vous condamne à trois ans de prison, dit la juge en me regardant avec sévérité.

Elle marque une pause et observe ma réaction.

— Avec sursis, ainsi qu'à des travaux d'intérêt général, pour que vous preniez le temps de réfléchir.

Je n'y manque pas.

J'y réfléchis longuement.

Je prends conscience que j'ai touché le fond, mais que je peux encore regagner la surface. J'y excelle depuis ma plus tendre enfance.

Quand j'avais neuf ans, j'ai su m'extraire d'un puits sans fond.

Aujourd'hui, je me dis : « Nom de Dieu, Sascha ! Tu as réussi, à l'époque, tu peux recommencer ! »

J'arrête de dealer. Je purge ma peine. Je décide de repasser le baccalauréat.

Je veux remonter à la surface.

Je pense beaucoup à Dieu et à l'ange qui m'est apparu. Enfin, s'il s'agissait bien d'un ange. Je me le demande chaque fois qu'Adam Geist me viole. Ce n'est pas facile, de distinguer le vrai du faux, la réalité de l'illusion. Dès que je ne suis plus concentré sur l'ange, je me mets à pleurer. Le reste du temps, je ne tiens pas en place. D'habitude, je vis à cent à l'heure. Adam Geist, lui, se traîne. C'est la première fois que je vois quelqu'un d'aussi apathique. Aujourd'hui, je pleure jusqu'à ce qu'il m'accompagne dehors. J'exulte, même si cette sortie ne dure que quelques minutes. Puis, je me rends compte que l'escalier n'existe pas. Devant moi, il n'y a rien, pas de marches à monter ni à descendre. Pourtant, j'en étais persuadé ! Maintenant, je comprends pourquoi on ne prête pas attention à mes cris. Parce que personne ne passe près de la caravane. Je passe du rire aux larmes. Adam Geist ne comprend plus rien.

— Tu as ce que tu voulais et tu chiales, dit-il en secouant la tête.

Il me prend par le bras et me tire dans la caravane. Il ne veut pas qu'on me remarque. À quoi bon ? Aucun passant ne risque de m'entendre pleurer.

Dans la caravane, il est à nouveau pris d'une pulsion et me force à prendre son sexe dans la main. Dans la bouche. Dans l'anus. Il ne cesse de me demander si ça me plaît. Jusqu'alors, il me posait rarement la question. Soudain, c'est la chose qui semble lui importer le plus au monde.

Mes pensées se tournent vers Dieu. Parce que je n'aime pas ça, et Dieu le sait. Parce que je souffre, et Dieu le sait aussi. Parce que c'est dégoûtant, surtout le sperme qui gicle et qui pue. Cela aussi, Dieu le sait.

— Peu importe ce que tu fais, Dieu le voit, disait Petra. Dieu le sait. Tu ne peux rien lui cacher.

Ce n'est pas mon intention. Surtout, je ne veux pas Le laisser croire que j'aime ça. Mais je ne comprends pas comment Dieu peut laisser une chose pareille arriver. Si Petra dit vrai, Dieu est au courant des agissements d'Adam Geist. Ce dernier non plus ne peut rien Lui cacher. Mon violeur ne peut pas Lui faire croire qu'il a pour but de me procurer du plaisir.

Si je disais que j'aime ça, ce serait un mensonge, et Dieu ne le tolérerait pas.

Je ne peux donc pas le dire.

En aucun cas.

Adam Geist m'agrippe par-derrière et tente de me pénétrer.

— Tu aimes ça, hein ?

J'ai envie de hurler à pleins poumons. NON ! JE N'AIME PAS ÇA ! TU ENTENDS, ESPÈCE DE GROS PORC ? L'ange choisit cet instant précis pour revenir. Il n'emprunte pas le trou dans le mur ni la fente sous la porte. Il apparaît, tout simplement. Même s'il est incroyablement lumineux, je peux le regarder sans plisser les yeux.

— Tu existes pour de vrai ? lui demandé-je. Ou tu es comme l'escalier ?

— J'existe pour de vrai. Et je suis venu te dire quelque chose. Tu as le droit de mentir. C'est même conseillé. Ne t'inquiète pas.

Entre-temps, Adam Geist m'a pris à bras-le-corps. Ses ongles s'enfoncent dans ma poitrine. Son bassin décrit des va-et-vient qui me font souffrir.

— Oui, Adi, j'aime ça, dis-je, fort de cette autorisation. Beaucoup, même.

Soudain, il s'arrête et me repousse, le souffle court.

— Qu'est-ce que tu viens de dire ? Tu aimes ça ?

La caravane est plongée dans l'obscurité. L'ange est parti comme il est venu, sans qu'Adam Geist l'aperçoive. D'après un chant de Noël que ma mère m'a appris, seuls les enfants peuvent voir les anges. J'enfonce mon visage dans le matelas. Je me sens terriblement seul.

— Oui, Adi. C'est agréable, murmuré-je.

Pourquoi un tel mensonge ? Pourquoi obéis-je à un ange, alors que je ne sais pas s'il existe pour de vrai ? Maintenant qu'il a disparu, je doute de plus belle. Et si Adam Geist, pensant que j'éprouve du plaisir, décidait de me violer encore plus souvent ?

Pour l'instant, rien de tel. Adam Geist se lève, marche bruyamment et grommelle quelques mots que je ne saisis pas. Je m'attends à ce qu'il revienne terminer ce qu'il a commencé. Finalement, j'entends la porte de la caravane claquer. Lorsque je relève la tête, je suis seul.

Je me suis promis de regagner la surface, et je m'y emploie. Assez perdu de temps, il faut foncer. En dix-huit mois, je suis censé repasser le baccalauréat et suivre une formation. Deux objectifs ambitieux, quand on vient de toucher le fond. Mes nouveaux professeurs parviennent à éveiller mon intérêt pour les intégrales, la tectonique des plaques et la photosynthèse. Je les trouve moins déconnectés de la réalité. Le problème, c'est que je m'ennuie très vite. Surtout, je me rends compte que le stress me fait perdre mes moyens, raison pour laquelle je recommence à fumer, aussi bien du tabac que des substances illicites. Parfois, je fume un joint dès le réveil, comme en ce gris matin d'hiver. Il neige, et j'hésite à sortir la voiture ou prendre le bus pour aller en cours. Je choisis finalement la première option, pour profiter du paysage tout en conduisant. Je passe prendre Jasmin, ma petite amie. Peu avant 7 h 30, alors que je m'apprête à quitter l'autoroute, j'aperçois le gyrophare d'une voiture de police qui stationne sur la bande d'arrêt d'urgence.

— Qu'est-ce qui se passe ? demandé-je à Jasmin.

Je tourne la tête pour mieux voir. Très mauvaise idée, car je garde mon pied sur l'accélérateur. Comme il le sera démontré plus tard, je percute à cent kilomètres-heure la dépanneuse garée après la voiture de police. Puis une camionnette, elle aussi lancée à vive allure, nous rentre dedans. Sous la violence du choc, les trois véhicules sont projetés en l'air. Juste avant de perdre connaissance, j'aperçois une silhouette lumineuse sur la banquette arrière.

—Tiens, me dis-je, ça faisait longtemps. Merci d'être venu.

Puis, plus rien.

Une fois encore, je me réveille à l'hôpital. Jasmin et moi avons échappé au pire. Je m'en tire avec deux fractures, une au sternum et une à la rotule. Jasmin a plusieurs vertèbres cassées. Les médecins s'accordent à dire que nous devons avoir un ange gardien, car nous sommes des miraculés.

Ils ont raison. Je l'ai vu, mon ange gardien. Et, plus important encore, Jasmin l'a vu aussi. Il a absorbé la violence du choc. Jasmin et moi sommes d'accord sur ce point. Après des débuts houleux, notre relation prend un nouveau départ, et nous restons encore un an ensemble, ce qui, pour moi, constitue un record.

Après l'accident, je comparais à nouveau devant le tribunal. La dépanneuse n'était pas signalée convenablement, raison pour laquelle je n'ai pas ralenti. Pour le juge, les torts sont donc partagés. Moi, je m'en fiche, je viens de frôler la mort. Une fois rétabli, je me plonge dans les révisions. J'obtiens de bonnes notes dans les matières principales, à savoir les mathématiques, l'anglais, l'allemand et l'économie. J'entame ensuite une formation en commerce extérieur. Mais, très vite, je suis démotivé. Je fume de plus en plus. Tous les jours, je me demande ce que je fais là, je regrette de ne pas avoir choisi l'université. Pour autant, je ne jette pas l'éponge. Au contraire, je me dis que je dois aller jusqu'au bout, que cette formation fait partie du processus de guérison. Puis c'est l'examen final. L'une des épreuves pratiques consiste à plier parfaitement une lettre en zigzag. J'y arrive haut la main. Puis viennent les épreuves théoriques, plus difficiles. Au moment où j'obtiens mon diplôme, je suis sûr d'une chose : je ne travaillerai pas dans ce secteur.

Je me retrouve à vingt-trois ans avec le baccalauréat en poche, une formation solide et le sentiment désespérant d'être toujours au fond du gouffre. Comme je fréquente une fille qui parle français et slovaque, je me lance dans l'apprentissage de plusieurs langues étrangères. J'arrête tout après notre rupture. Puis je cherche du travail. Je décroche quelques entretiens, mais les recruteurs ne donnent pas suite. J'ai l'impression de ne rencontrer que des obstacles. La chose qui me hante depuis mon enfance semble prendre le dessus. Je suis cerné par des murs trop hauts pour que je puisse les franchir. Je ne vois même pas au-delà.

Adam Geist revient quelques minutes plus tard.

— Ça va ? Tu as besoin de quelque chose ? demande-t-il en me voyant recroquevillé sur le lit.

Je n'en crois pas mes oreilles. Qu'est-ce qu'il a dit ? Il vient bien de me demander si je voulais quelque chose ?

— Je veux regarder la télé, réponds-je spontanément.

À la maison, je passe peu de temps devant le petit écran. Mais la maison, c'est loin. Pour moi, elle n'existe plus. Et puis, je m'ennuie à mourir. Ici, il n'y a aucune distraction, je ne peux pas me dépenser. Donc je veux au moins pouvoir regarder la télévision. J'observe la réaction d'Adam Geist. Jusqu'à présent, j'ai réussi à le convaincre de me nourrir. J'ai même pu franchir le seuil de la caravane, même si ce n'était que pour quelques secondes. Je ne suis pas sûr que je réussirai à le convaincre de ne plus me violer, mais peut-être que mon mensonge à propos du plaisir finira par s'avérer utile. Il a d'ores et déjà provoqué une réaction étonnante. Maintenant, voyons si Adam Geist va accéder à ma requête. Car, pour regarder la télévision, il faut un poste, et Adam Geist n'en a pas. De toute façon, Adam Geist n'a rien.

Il reste planté au milieu de la caravane, signe qu'il réfléchit. Je me méfie. Ça commence comme ça, puis la situation dégénère et je finis par souffrir. Aujourd'hui, pas d'exception. D'une main, Adam Geist m'agrippe, de l'autre il pousse un carton. Derrière, je découvre un tout petit espace vide, comme une sorte de fissure entre la cloison et le mur extérieur. Je comprends immédiatement qu'Adam Geist va me forcer à entrer. C'est pire que la caisse, car je vais devoir rester debout. Je me débats, je tente de frapper Adam Geist à coups de poing et de pied, tandis qu'il me pousse derrière la cloison où règne un froid glacial.

— Tu la fermes, sinon je te tue.

Rien n'a changé. Toujours la menace. Mais je refuse de me glisser là-dedans ! Non, non, non ! Avec force gifles et coups de pied, Adam Geist me cale tout au fond. Je ne peux plus bouger. Je suis prisonnier, comme une mouche dans une toile d'araignée. Comme j'ai la bouche collée contre la paroi en bois, je peux à peine respirer. Encore moins crier.

Adam Geist disparaît. J'ai beau ne pas supporter sa présence, je ne suis pas non plus soulagé qu'il s'absente, car rien ne me dit qu'il reviendra. Alors, je risque fort de mourir, d'autant que maintenant, je sais que dehors, il n'y a ni escalier ni passants. Je pensais avoir connu le pire dans la caisse, mais là, mon angoisse est décuplée. Je sens mes jambes s'engourdir et tous mes muscles se crisper. La douleur me consume. Je m'évanouis à plusieurs reprises.

Mon esprit est comme un soleil que viendraient cacher de gros nuages. Je ne sais pas combien de temps je reste là, immobile. Des heures, peut-être. Enfin, j'entends du bruit. Des pas. Un choc sourd. Puis encore des pas. Une main tâtonne, m'attrape et me sort de la fissure. Je m'effondre. Sentant que la main me traîne, je me dis que je vais encore finir sur le lit et être violé. Ça y est, je tiens plus ou moins sur mes jambes. Adam Geist désigne le lit. Non, un objet situé plus loin. Un petit cube.

— J'ai trouvé une télévision ! annonce-t-il, triomphant. Elle est même en couleur.

Après ma condamnation, ma sœur Doris prend les choses en main. Elle ouvre un bistrot où ma mère cuisine et Jenny travaille comme serveuse. Je me joins à elles après mon dix-huitième anniversaire. Je me sens bien, dans cette entreprise familiale. D'une part, je suis entouré de ma famille, d'autre part, je découvre le métier de serveur. Pourquoi ne pas travailler ici à plein-temps, après le baccalauréat, voire y passer les cinquante prochaines années ? Ce serait le rêve ! Hélas, encore une fois, je fais fausse route. Le bistrot ne reste pas ouvert cinquante ans, ni même cinquante jours, car Doris et mes parents se disputent sans arrêt pour une histoire de voiture. En d'autres termes, c'est une question d'argent, et chacun veut avoir le dernier mot. Toujours est-il que Doris, à bout, renvoie maman. Nous ne pouvons pas continuer à tous vivre sous le même toit. Super, à peine suis-je installé qu'il faut repartir. Je suis écœuré.

Au moins, cet épisode a eu le mérite de m'apprendre que je pouvais travailler comme serveur. Je crois même avoir un don pour ce métier. Par la suite, j'accepte régulièrement des petits boulots, jamais pour plus de deux ou trois semaines, pour gagner un peu d'argent. Évidemment, le trafic de drogue, c'était plus facile et plus rentable. Mais cette époque est révolue. Désormais, je veux vivre honnêtement. Quitte à rester serveur toute ma vie.

Lorsque, à la fin de ma formation, je comprends que le commerce extérieur n'est pas pour moi, j'hésite à chercher un poste fixe de serveur. Sur ce, l'ami d'un ami me propose quelque chose. Il connaît un négociant installé à Bochum, en Rhénanie, qui cherche à vendre du vin dans la Ruhr. Je serai payé à la commission.

—Vous avez des notions d'œnologie ? me demande le négociant au téléphone.

—J'ai été serveur, et je sais me montrer convaincant.

Le négociant, satisfait, accepte que je travaille pour lui. Je sillonne l'ouest de l'Allemagne. Les affaires marchent bien, au début. Puis, très vite, je montre des signes d'impatience. J'aimerais vendre plus ! Gagner plus ! J'aspire à autre chose, mais quoi ? Six mois plus tard, du jour au lendemain, je laisse tout en plan pour rentrer à Wiesbaden. Or, là-bas, rien ni personne ne m'attend. Je réemménage chez mes parents sans la moindre perspective d'avenir. J'y vivrai par intermittence jusqu'en 2009. Eux non plus ne comprennent pas mes choix, mais nous n'évoquons jamais les causes de mon mal-être. Mon père me demande simplement si je compte chercher autre chose.

Je réponds par l'affirmative et deviens le roi de la débrouille : vente de fricadelles sur le littoral de la mer du Nord, livraisons pour une pâtisserie bio et remplacement de serveurs par-ci par-là. J'ai très peu d'argent et toujours aucun projet à long terme. À vrai dire, je suis profondément malheureux. En 2005, je décide de me reprendre en main et de devenir transporteur indépendant. Ou plutôt, pseudo-indépendant, car je suis sous-traitant d'un sous-traitant. À bord d'une camionnette semblable à celle qui a failli me tuer, je transporte des marchandises de toutes sortes. Comme je suis payé au kilomètre, je travaille soixante-quinze heures par semaine. Une fois toutes les charges déduites, je gagne mille cinq cents euros par mois, soit cinq euros de l'heure. J'ai bien l'intention de réussir. Je roule de plus en plus. Je cumule les heures de nuit. Les joints m'aident à ne pas m'endormir et à supporter le sentiment de solitude qui me submerge régulièrement. Un jour, je fume au volant, lors d'une livraison hebdomadaire de tofu. Alors que j'aborde un rond-point, une voiture de police me double. J'attache ma ceinture en vitesse. Comme la voiture accélère, je me dis qu'elle va poursuivre sa route normalement. Au contraire, elle fait le tour une deuxième fois. La revoilà à côté de moi, gyrophare allumé. Surpris, je donne un brusque coup de volant. Ma camionnette quitte sa trajectoire et s'arrête quelques mètres plus loin, en travers de la chaussée. Un policier approche et me demande mes papiers. Il veut également savoir si j'ai consommé de l'alcool ou de la drogue.

La prise de sang fournit la réponse. On me retire mon permis, et ma carrière de transporteur indépendant s'achève sur ce rond-point. Je recommence à chercher une place de serveur.

— Alors ? Tu es content ? demande Adam Geist.

— Cool, réponds-je machinalement. On va pouvoir regarder la télé, maintenant.

Même si je tiens à peine sur mes jambes, je parviens encore à prononcer les mots qu'Adam Geist attend. Il s'est procuré une télévision, tout comme il avait trouvé le lapin, et de la même façon, et il veut entendre que je suis content. J'ai formulé un souhait, et lui, mon ami, s'est chargé de le réaliser.

Je dois encore patienter, le temps qu'Adam Geist règle, non sans mal, les chaînes à l'aide de l'antenne. Puis nous nous asseyons sur le matelas, les yeux rivés sur l'écran. Nous regardons toutes sortes de programmes, des jeux aux documentaires animaliers en passant par les films et les matchs de foot. Tout, sauf les informations. Ça, c'est hors de question. Lorsque, en changeant de chaîne, je tombe par hasard sur le journal, Adam Geist m'éloigne aussitôt de la télévision.

— Pas la peine de regarder. Tu crois peut-être qu'on s'intéresse à toi ? Laisse tomber, personne n'est à ta recherche. On ne parle même pas de toi dans les journaux.

J'ai perdu tout espoir depuis longtemps, cependant, une immense tristesse me submerge. Adam Geist, lui, zappe jusqu'à ce qu'il tombe sur un jeu. Il me fait asseoir à côté de lui sur le lit.

—Tes parents t'ont oublié depuis longtemps, ajoute-t-il.

Je suis content d'avoir pris le temps de tout écrire. Ma carrière avortée de dealer. Ma carrière avortée de livreur de tofu. Et tous les événements qui se sont produits entre-temps. C'est un grand pas en avant. J'ai réussi à verbaliser les choses qui, d'habitude, ont une fâcheuse tendance à m'échapper. Tout m'échappe : le travail, l'argent, les petites amies, les souvenirs. Peut-être qu'il en restera quelque chose, cette fois. En tout cas, le jeu en vaut la chandelle.

Michaela ne va plus tarder. Mon appartement est propre comme un sou neuf, j'ai rempli le réfrigérateur et mis une bouteille de vin au frais. J'ai beau savoir qu'il ne s'agit pas d'un rendez-vous galant, je suis nerveux. D'habitude, je ne le suis pas autant, quand j'invite une fille chez moi. Et plus je vieillis, plus c'est fréquent.

Comme tous mes amis, un jour, je commence à m'intéresser au sexe opposé. Bien qu'à mon âge, j'en sache plus que je devrais, je me montre aussi timide et peu dégourdi que les autres garçons. Je tombe amoureux d'une voisine. Bientôt, nous nous tenons la main en public ! Puis, au collège, je me dis que les filles sont quand même ennuyeuses, et mes copains partagent mon avis. Nous préférons rester entre nous. Elles n'ont pas leur place dans notre bande, car ce qui nous intéresse, c'est le ping-pong, le judo et le football. Pas de filles dans notre vie ! Je ne sors avec personne jusqu'à mes dix-sept ans. Puis, c'est l'accident et les cicatrices au visage. On dirait que je suis passé sous un rouleau compresseur. Après mon séjour au centre de soins, je rencontre une fille dans le car scolaire. Tous les jours, la place à côté d'elle est libre. J'ai besoin de plusieurs trajets avant de prendre mon courage à deux mains et de lui parler.

Kirstin est jolie, Kirstin est intelligente, Kirstin sait comment engager la conversation de bon matin avec un garçon mal réveillé, défoncé et qui s'obstine à garder sa casquette vissée sur le crâne. Nous discutons longuement, nous nous embrassons et finissons par coucher ensemble. Elle a plus d'expérience que moi. Ou, plus exactement, mon expérience est enfermée dans le coffre-fort et ne servira pas. Je m'épanouis aux côtés de Kirstin. Elle se fiche de mon « passé ». Nous habitons la même ville, elle est donc au courant. Au début, elle me pose quelques questions. Mais, très vite, elle comprend que je n'ai pas envie d'en parler. Elle s'étonne également que je n'aie pas peur du contact physique et que, pour résumer, tout se passe normalement. Nous commençons à parler mariage. Alors, un sentiment étrange m'envahit. C'est la même angoisse que je ressentirai plus tard, quand je resterai travailler trop longtemps au même endroit. Je romps avec Kirstin sans m'expliquer plus avant. Ensuite, je ne reste jamais célibataire bien longtemps. En revanche, on me reproche toujours d'être un peu bizarre. C'est vrai que j'ai de drôles de manies. Rien d'inquiétant, mais rien qui soit facile à ignorer non plus. Mes sautes d'humeur, par exemple, ou ce besoin impératif que j'ai de savoir précisément, avant de sortir, où nous allons et avec qui. En fait, tout va bien tant que je ne m'engage pas. Or, plus une relation dure, plus il m'est difficile de garder mes distances. Toutes mes petites amies ou presque finissent par parler un jour de mariage. À ce moment-là, je prends la fuite. Je n'ose pas sauter le pas.

J'ai trop peur.

De manière générale, je me lie beaucoup plus facilement d'amitié avec les femmes. Dire qu'à une époque, j'avais toute une bande de copains ! À présent, je ne supporte plus ce besoin qu'ont les autres hommes de toujours se mettre en avant. De vrais mâles alpha.

Michaela vient me rendre visite. Les règles du jeu sont claires, sans que nous ayons à en discuter. Un autre que moi tenterait sa chance, non ? En l'occurrence, Michaela va passer la nuit chez moi, mais c'est tout sauf un rendez-vous galant. Elle ne veut pas être en couple, et moi non plus. C'est la raison pour laquelle nous pouvons parler aussi librement. Nous avons déjà beaucoup parlé du passé au téléphone. Maintenant, ce qui compte, pour Michaela, c'est le présent et l'avenir.

— Que dirais-tu de venir travailler en Suisse ? me propose-t-elle.

— Tu es sérieuse ?

Michaela rit.

— On ne peut plus sérieuse.

Je ne sais pas depuis combien de temps je suis là. Les jours se suivent et se ressemblent, les nuits aussi. Les températures se sont adoucies, et tant mieux, car il n'y a plus de bois pour le poêle. Nous manquons de tout, à vrai dire, mais je mange plus ou moins à ma faim, soit du lapin ou du poulet, soit des conserves. Malheureusement, chaque fois qu'Adam Geist va « au supermarché », il me coince dans la fissure. À son retour, nous regardons la télévision. Il aime que je lui dise bonjour le matin et bonne nuit le soir. Je suis le premier, me confie-t-il.

Depuis la dernière apparition de l'ange, les viols sont plus espacés. Je ne sais pas pourquoi. Apparemment, Adam Geist est perturbé, depuis que j'ai prétendu éprouver du plaisir. Une fois, j'arrive à le dissuader de me toucher en le lui disant dès qu'il s'approche. Je tiens peut-être un moyen de le convaincre de me libérer. Seulement, il répète sans arrêt qu'il apprécie ma présence. Un jour, il rentre même avec un bloc à dessin et des crayons de couleur.

—Tu sais dessiner les dinosaures ? me demande-t-il.

La réponse est oui. Mais depuis que je suis ici, j'ai bien compris qu'il faut parfois s'arranger avec la vérité.

—Non, pas du tout.

Adam Geist est ravi.

—Je vais te montrer.

Pour la première fois, je le vois débarrasser la table et passer un coup d'éponge afin que nous puissions nous installer. Puis il prend un crayon.

—Il y avait les herbivores et les carnivores, m'explique-t-il en dessinant maladroitement un dinosaure. Certains avaient des ailes immenses et se déplaçaient en volant. Ils étaient beaucoup plus grands que des oiseaux. Et ceux qui vivaient dans l'eau, on ne les voyait jamais. Là, j'ai dessiné un brontosaure. C'est un herbivore.

Il dessine un deuxième animal, un troisième, et me tend le crayon. À mon tour. Avec sa gueule énorme et ses dents acérées, mon dinosaure plaît à Adam Geist.

—Un tyrannosaure, dit-il. C'étaient les plus dangereux.

Justement, c'est la raison pour laquelle je le dessine. Si j'étais un tyrannosaure, je pourrais m'enfuir. J'en suis là de mes réflexions lorsque quelqu'un toque à la fenêtre. Adam Geist me regarde, effaré. Son visage change du tout au tout. Il a de nouveau les yeux plissés et vitreux.

—Chut, pas un bruit, murmure-t-il en plaquant sa main sur ma bouche.

J'entends un homme appeler, puis approcher et frapper à la porte.

— Il y a quelqu'un ? T'es en train de pioncer ou quoi ?

Adam Geist, pris au dépourvu, bondit, s'approche de la porte, se retourne vers moi et pose son index sur ses lèvres. L'instant d'après, il est dehors.

Les pensées se bousculent dans ma tête. Il y a quelqu'un dehors. Dois-je me manifester ? Mais que va-t-il se passer, si l'homme est un ami d'Adam Geist ? Me violera-t-il aussi ? Non, Adam Geist le dit lui-même, il n'a pas d'amis. En revanche, il a l'air de connaître le visiteur, sinon il ne se serait pas contenté d'un simple « chut ». Il m'aurait menacé de me tuer.

Je tremble. Et si je transmettais un message à l'homme ? Le dessin du dinosaure ! Je pourrais écrire mon nom, expliquer que je suis retenu prisonnier ici et que mes parents me cherchent ! Non, ils m'ont oublié depuis longtemps. J'approche de la porte sur la pointe des pieds, mais les deux hommes parlent trop bas pour que j'entende. L'inconnu élève la voix une seule fois. Il mentionne des « allocations ». Je ne connais pas ce mot. Soudain, la poignée de la porte s'abaisse. En moins de temps qu'il n'en faut pour le dire, je me rassieds à la table, saisis un crayon et dessine un dinosaure. Adam Geist referme la porte trop rapidement pour que l'homme puisse voir à l'intérieur de la caravane. Je me sens mal, à la fois déçu et mort de peur. Lorsque Adam Geist reprend sa place à côté de moi, je retiens mes larmes à grand-peine.

— C'était qui ? demandé-je d'un ton que je veux le plus neutre possible.

Adam Geist ricane.

— C'est pas tes oignons ! C'était personne, ajoute-t-il après une courte pause.

Je fixe le tyrannosaure. Avec sa gueule énorme, il ne ferait qu'une bouchée de la caravane et d'Adam Geist.

— Tu veux continuer à dessiner ? demande l'homme que je voudrais voir atterrir dans l'estomac d'un dinosaure.

Non, je n'ai plus envie. D'un autre côté, je préfère être ici que sur le lit.

Alors que je m'entends répondre « Oui, je veux continuer à dessiner », en mon for intérieur, je crie : « C'est faux ! Mes parents ne m'ont pas oublié ! » Ils me cherchent partout.

Adam Geist m'a menti.

À ce moment-là, je demande si je peux rentrer chez moi.

Adam Geist prend un crayon de couleur qu'il fait tourner entre ses doigts. Une fois, deux fois. Au bout de la troisième, le crayon se brise.

— Non. Tu resteras pour toujours avec moi.

3

LA LIBÉRATION

Encore quelqu'un qui en sait plus que moi sur l'enlèvement. Ce réalisateur-là a retrouvé des archives télévisées. Il a également rencontré des témoins et parlé aux responsables des recherches. J'ai toujours une drôle d'impression quand je me dis que de parfaits inconnus en savent plus que moi sur ma propre vie.

Le réalisateur pense que tout n'a pas été abordé dans le reportage et qu'il reste encore beaucoup à dire. Grâce à mon travail d'écriture, j'ai conscience qu'il a raison. La question est de savoir si mes souvenirs tiendront dans un seul documentaire. Michaela pense que nous devrions chacun publier un récit. Depuis qu'elle est mère de famille, ses angoisses ressurgissent régulièrement. D'après elle, il faut traiter le problème à sa source, informer.

Depuis cette discussion, je m'interroge. C'est vrai que, dans un livre, j'aurais tout loisir de raconter les événements et leurs répercussions. Enfin, pour l'heure, place au documentaire. Le réalisateur me reçoit dans son bureau, situé sur une colline surplombant Wiesbaden. De nombreuses sociétés audiovisuelles sont installées dans ce quartier joliment baptisé *Unter der Eichen*, « Sous les chênes ». J'apprends par le réalisateur qu'on y produit, entre autres, la série policière *Un cas pour deux*, très populaire en Allemagne.

C'est notre troisième entrevue. Cette fois, il voudrait que nous parlions d'Adam Geist.

— Il m'a fait l'effet d'un spectre, dit-il. Personne ne sait rien de précis, mais tout le monde a quelque chose à dire sur lui.

La gérante de la pépinière affirme, dans une interview, que tous les enfants avaient peur de lui. D'après une autre source, Adam Geist a dit à la police qu'il m'avait enlevé pour combler sa solitude. On parle également d'un « prédateur sexuel aux cheveux longs » qui m'a enfermé dans une « boîte de torture ». Un journal affirme qu'Adam Geist prévoyait de me relâcher au milieu de nulle part, les yeux bandés. D'autres journalistes s'insurgent contre le fait qu'Adam Geist se pourvoit en appel auprès de la Cour fédérale d'Allemagne. Pourtant, il avait été condamné à seulement sept ans de prison, les jurés ayant estimé que sa responsabilité pénale était diminuée.

Certains journaux publient également une photo sur laquelle Adam Geist est méconnaissable. Rasé et coiffé, il ressemble à M. Tout-le-Monde. Un magazine indique qu'il vit dans des caravanes depuis son enfance et qu'il n'a jamais travaillé. Un autre journal, curieusement, parle de sa bedaine. Un troisième montre un beau coffre en bois de style anglais et prétend que j'y ai été enfermé. Il affirme aussi que je n'ai pas été brutalisé, mais que je souffre tout de même de séquelles psychologiques. J'y apprends également qu'Adam Geist m'emmenait en promenade. Celui-ci aurait affirmé, lors du procès : « J'ai cherché à le distraire pour que la situation lui soit moins pénible. »

Des articles mensongers, il y en a des centaines. Si je les ajoute à ceux que j'avais déjà lus, j'en conclus que le pays pense tout savoir de l'affaire, mais que personne ne connaît la vérité. Le réalisateur me tend une dernière coupure de presse, datée du 20 janvier 1988. Sous le titre : « Geist fait appel. Une première condamnation trop sévère ? », je lis : « Hier, le Dr Hans-Jürgen Horn, expert psychiatre, a déclaré que l'accusé souffrait d'une altération du discernement. Adam Geist ne se serait pas rendu compte de ce qu'il infligeait à l'enfant. »

C'est aussi simple que ça ? On peut tout se permettre, sous prétexte d'une altération du discernement ? Je poursuis ma lecture tant bien que mal.

« Avant le premier procès, le Dr Franz Petersohn, de Mayence, a examiné Sascha Buzmann. Il a mentionné des séquelles psychologiques probables, mais pas inévitables. Cela pourrait valoir à l'accusé la clémence des jurés. »

Je dois relire ce paragraphe deux fois avant de comprendre. Pourquoi est-il uniquement question de la peine dont écopera Adam Geist ?

« Le tribunal ayant rendu le premier verdict en novembre 1986 aurait dû requalifier l'agression en infraction mineure. »

Les bras m'en tombent.

— Je ne peux pas laisser passer ça ! m'exclamé-je. Une infraction mineure ? Parlons-en !

Ces mots tournent en boucle dans ma tête. Délit mineur. Responsabilité pénale diminuée. Condamnation trop sévère. Séquelles psychologiques probables, mais pas inévitables. La coupe est pleine. Je n'avais encore jamais ressenti pareille colère. Peut-être en ai-je assez d'être le Sascha Buzmann enjoué, poli, avenant, attentionné et aimable. Le jeune homme qui n'accepte pas toujours la critique et refuse de s'engager. Finalement, un garçon plutôt ordinaire, qui n'a pas à être traumatisé outre mesure, puisque ce qu'il a vécu relève d'une infraction mineure. Et comme messieurs les experts affirment que mon ravisseur et violeur souffre d'une altération du discernement, il bénéficiera de la clémence des jurés et, à sa sortie, aura le champ libre pour recommencer. J'ai envie de HURLER MA COLÈRE, mais je me ressaisis. Pas ici, pas dans les locaux de la société de production, pas devant le réalisateur.

De retour chez moi, deux heures plus tard, je continue à me retenir. Une chose est sûre : je me dois de raconter dans un livre ce qui ne figure dans aucun article de journal ni dans aucun reportage. Je me dois de parler de mon vécu. Dans ce livre, je m'autoriserai à crier.

— Ce connard se doute de quelque chose, dit Adam Geist. Il a pas intérêt à revenir, sinon il va s'en prendre une. Tu es à moi tout seul. Hors de question que je te partage.

Je ne comprends pas ce qu'il veut dire. En tout cas, sa façon de le dire m'effraie. Adam Geist est énervé. Il arpente la caravane comme un lion en cage.

— On continue à dessiner des dinosaures ? proposé-je pour qu'il se calme.

Aucune réaction.

— Il y a peut-être quelque chose d'intéressant à la télé.

D'habitude, ça marche à tous les coups. J'ai même l'impression que cette activité lui plaît plus qu'à moi. Mais il refuse aussi. En revanche, il réclame ce qu'il n'a pas obtenu depuis relativement longtemps. Il m'agrippe d'une main et ouvre sa braguette de l'autre.

— Tu es à moi tout seul, répète-t-il. Hors de question que je te partage.

Une fois qu'il a terminé, je reste prostré pendant deux heures. Je croyais avoir réussi à lui faire oublier ça. Quand nous dessinons des dinosaures ou regardons la télévision, quand Adam Geist me parle de son enfance ou ouvre une boîte de raviolis, je me dis que le pire est passé. À présent, je comprends que rien n'est jamais acquis et que tout peut arriver, dans la caravane d'Adam Geist.

À l'idée de repartir de zéro, je fonds en larmes. Lorsque mon bourreau me crie dessus, je pleure encore plus. Il me menace.

Encore. Il me dit d'arrêter, sinon…

Comme je sanglote de plus belle, il me frappe.

— Je t'ai dit d'arrêter ! Je t'ai dit d'arrêter !

Le fait de serrer les dents m'aide à ravaler mes larmes. Je veux mourir. Je ne veux plus continuer à vivre. Pas dans ces conditions. Pas ici. Je ne veux plus voir Adam Geist, je veux être loin de lui, et si je ne peux pas partir, autant ne pas rester en vie.

Je veux mourir.

Je veux être mort.

Et le plus tôt sera le mieux.

Je retourne sur les lieux de la séquestration pour la troisième fois. Après avoir tant appris sur moi-même, au cours de ces dernières semaines, je n'ai plus cette impression paradoxale d'être à la fois visiteur et guide.

— Tout a disparu, dis-je à la caméra.

Par là, je sous-entends la caravane.

— Et moi aussi, je me sens vide.

Je devrais peut-être parler au passé, car je ne suis plus dans le même état d'esprit. Le jeune homme dont la séquestration constitue un triste record dans l'histoire criminelle allemande a retrouvé la mémoire. Reste à choisir son mode d'expression. Ce documentaire est un début.

— Il s'est passé quelque chose de très grave, ici. Quand on y réfléchit bien, Adam Geist a passé les premiers jours à me frapper et me violer. Il me considérait comme un objet, pas comme un être humain.

Ces paroles m'auraient été impossibles à prononcer, quelques semaines auparavant. Plus tard, en visionnant le film, je me rends compte que c'est la première fois que je parle de ma peur.

—Mon ravisseur vivait replié sur lui-même, il était complètement fou. Il parlait tout seul, donnait des coups de poing dans le vide. Je n'osais rien dire, rien faire, de peur de le contrarier. On vivait dans la crasse, mais il s'en fichait, il avait l'habitude. Pas de toilettes, pas d'eau courante. Et le pire, c'étaient les viols. On est perdu. On tient le coup comme on peut.

Là aussi, je remarque quelque chose : je parle de moi à la troisième personne. On est perdu. On tient le coup comme on peut. C'est moi qui étais perdu. C'est moi qui ai tenu le coup comme j'ai pu, car du haut de mes neuf ans, je n'avais aucune chance face à un adulte. Même si cet homme ne commet qu'une infraction mineure.

Cette expression m'insupporte toujours autant. Heureusement, le réalisateur aime travailler dans la sérénité, et cela m'aide à prendre du recul. C'est la raison pour laquelle j'accepte de participer à l'expérience qu'il me propose. Comme la ligne 25 n'existe plus, il voudrait louer un bus et reconstituer le trajet que j'ai emprunté autrefois. Il espère ainsi faire ressurgir encore quelques souvenirs. À bord, nous ne serons que trois : lui, le cameraman et moi.

En montant dans le bus, je suis mort de trac. Même si, ce soir, il n'y a pas de neige – nous sommes presque en avril – j'ai l'impression de retourner vingt-cinq années en arrière. Munis du croquis dessiné par les enquêteurs, le réalisateur et moi retrouvons la place que j'occupais. Je m'assieds. Le bus démarre. En regardant par la fenêtre, je constate que bien des choses ont changé : plus de voitures, des magasins plus grands, et surtout, des rues beaucoup mieux éclairées. Mais, à mesure que nous nous éloignons du centre-ville, je ne peux m'empêcher de penser que, fondamentalement, rien n'est vraiment différent. La nuit, il fait toujours aussi noir.

— Quel souvenir gardez-vous de ce trajet en bus ? demande le réalisateur.

— L'ambiance était détendue. J'étais avec une amie de ma sœur, et on s'amusait bien.

Je réfléchis quelques instants, avant de poursuivre.

— L'homme était assis de l'autre côté de l'allée. Je me souviens que nous avons échangé un regard. Sur le coup, je n'y ai pas prêté attention. Finalement, je n'ai jamais su pourquoi Adam Geist m'avait suivi. Je devais être au mauvais endroit au mauvais moment.

Au mauvais endroit au mauvais moment.

Je ne l'avais jamais exprimé ainsi. Viens-je enfin de répondre à la question : « Pourquoi moi ? » Je me la suis souvent posée pendant la séquestration, ainsi que dans les années qui ont suivi. Pour mon ravisseur, c'était l'inverse : j'étais au bon endroit au bon moment. Ces événements restent difficiles à analyser, vingt-cinq ans après, si bien que, dans le documentaire, j'ai parfois l'impression de me répéter.

— Lorsque Adam Geist a commencé à me toucher, j'étais très choqué. Et comme je me débattais, il m'a frappé.

Les souvenirs s'affinent. Ainsi, en réécoutant mon témoignage, je constate que je me suis trompé. Par exemple, je dis qu'à notre arrivée dans la caravane, Adam Geist m'a laissé un peu tranquille, le temps que je me réchauffe. C'est faux, il n'a jamais eu cette gentillesse.

Je suis soulagé que l'expérience touche à sa fin. Je suis soulagé que la ligne 25 n'existe plus, même si certains usagers doivent la regretter. Les souvenirs sont des sortes de panneaux indiquant des lieux qu'on préférerait oublier.

Le terrain vague en est un. C'est la troisième fois que j'y retourne. Ce sera la dernière. Que cet endroit repose en paix. Qu'on laisse la nature reprendre ses droits.

— Ils sont gonflés, marmonne Adam Geist en m'extrayant de la fissure. Franchement, quel culot ! Pour ça aussi, je devrais raquer ? L'argent, toujours l'argent…

Comme je n'ai plus la cloison pour me soutenir, mes jambes se dérobent sous moi. Adam Geist ne s'était jamais absenté aussi longtemps. Je me suis évanoui deux fois. Au moins, dans la caisse, je pouvais dormir. Adam Geist empeste l'alcool et n'arrête pas de grogner. Je suis crispé de la tête aux pieds, je redoute le pire.

— Tu cours vite ? me demande-t-il de but en blanc.

Surpris, je mets du temps à répondre. Quand Adam Geist est en crise, d'habitude, il ne me pose pas ce genre de questions. Il ne pense qu'à une chose. Les mots fusent dans mon esprit : je cours vite, très vite. J'adore ça, et cette ordure m'en prive. Cela dit, je ne sais pas si j'en suis encore capable. Surtout après plusieurs heures passées dans la fissure.

Adam Geist ricane.

— Moi, je cours vite. Ils n'en ont pas cru leurs yeux, quand j'ai détalé.

Il me jette sur le lit. Oh non, c'est reparti. Mais Adam Geist n'ouvre pas sa braguette. Il tient une bouteille qu'il porte à ses lèvres.

—J'entre, je commande un truc, poursuit-il d'une voix chevrotante. Et dès que cette connasse de serveuse a le dos tourné, je pars en courant, rapide comme l'éclair. Ils ont vraiment cru que je paierais. Qu'ils aillent se faire foutre.

Apeuré, je me recroqueville sur le lit. La bouteille contient de l'eau-de-vie, je reconnais l'odeur. Et quand Adam Geist boit, il me fait encore plus mal. Aujourd'hui, bizarrement, il se contente de marmonner dans sa barbe, toujours à propos d'une commande qu'il n'a pas payée et de gens qui n'ont qu'à aller se faire foutre.

—Tu pourrais m'aider, dit-il soudain. Tu as de bonnes jambes. Je vais te dire ce que je veux, tu entres, tu le prends et tu files en vitesse.

Il s'interrompt pour boire une gorgée d'alcool.

—Tu as pigé ?

Non, pas vraiment. Veut-il que je demande à boire dans un café ? À moins que je sois censé voler dans un magasin ? Je n'ai encore jamais volé, et je doute d'en être capable. D'un autre côté, je sortirai enfin d'ici. Peut-être réussirai-je à m'enfuir ? Peut-être parviendrai-je à attirer l'attention d'un passant ?

Adam Geist porte la bouteille à ses lèvres, mais elle est vide. Il la regarde, déçu, et la balance dans un coin où il y a déjà tellement de détritus qu'elle atterrit intacte. Puis il se dirige vers le lit en titubant.

—Non, non, non, ça va pas le faire. On va se débrouiller autrement. Sinon, tu vas en profiter pour filer.

Il a du mal à garder l'équilibre.

— Tu as de plus grandes jambes, Adi, m'empressé-je de dire, voyant sa main toucher sa braguette. Tu cours beaucoup plus vite.

Il rit à nouveau.

— Et comment ! Plus vite que l'éclair.

Quand il s'effondre près de moi, je n'ose plus bouger. Qu'est-ce qu'il pue ! Qu'il aille se faire foutre.

Adam Geist ouvre la bouche et se met à ronfler. Après m'être assuré qu'il dormait profondément, je recule dans le coin opposé du lit, sans jamais le quitter des yeux. Si j'ai de la chance, à son réveil, il ne se souviendra pas de ce qu'il s'apprêtait à faire. Si je n'en ai pas, il ne dormira pas assez longtemps pour oublier.

Mon cœur se serre dans ma poitrine, lorsque le réalisateur me demande lesquelles de mes ex-petites amies je l'autorise à contacter. Ce matin, je ne suis pas d'humeur. La nuit a encore été difficile, je me suis réveillé à 3 heures du matin et j'ai tué le temps sur Facebook jusqu'au lever du soleil. Finalement, je prends sur moi et propose Jasmin. Elle a certainement des choses à dire, mais ai-je vraiment envie de les entendre à la télévision ? Il y a aussi Kirstin, qui a su mettre en confiance un adolescent complexé par ses cicatrices. Non, je n'ai pas envie non plus qu'elle parle de moi. Ce n'est pas une bonne idée. Pourquoi pas Nicole, mon premier amour ? Nous avons grandi dans le même quartier, et elle en sait long sur moi.

Le réalisateur me demande de l'appeler. Ouf, elle n'a pas changé de numéro. Elle n'a pas du tout l'air surprise d'entendre ma voix. Elle dit qu'elle attendait plus ou moins mon appel, depuis que j'ai commencé à m'exprimer publiquement.

Je réponds que, parfois, je suis un peu long à me décider. Nicole rit.

— En tout cas, tu ne fais pas les choses à moitié. Un article et un reportage !

Nous ne nous sommes pas vus depuis douze ans, mais j'ai l'impression de lui avoir parlé hier. Nicole est l'une des rares personnes avec lesquelles je me sens tout de suite à l'aise, comme si nous n'avions jamais perdu contact. Peut-être parce qu'elle sait gérer les relations humaines, elle qui travaille comme aide-soignante. Peut-être aussi parce que nous avons toujours de l'affection l'un pour l'autre. C'est avec plaisir que nous nous remémorons le bon vieux temps.

— Tu te souviens quand ta sœur Jenny jouait à l'élastique avec l'une de ses amies ? Comme on était trop petits, on se contentait de les regarder. Finalement, on a inventé notre propre jeu, et Jenny a dit à sa copine : « Ça y est, Sascha a une fiancée. » Mais tu as commencé l'école un an avant moi, donc on ne se voyait plus beaucoup.

— Jusqu'en CM1. Un enfant de neuf ans, après avoir été enlevé, maltraité et violé, a dû redoubler. Et qui a-t-il retrouvé ? Nicole.

Elle ne répond pas tout de suite.

— Rien ne te distinguait des autres, vraiment. Je vois encore l'institutrice nous annoncer l'arrivée d'un nouvel élève, Sascha Buzmann. On s'est tous levés, parce qu'on était super contents. Quel Sascha ? Ah, lui ! Et moi, j'ai dit : « Je le connais, je le connais ! On est voisins. »

Les souvenirs de Nicole en ravivent d'autres chez moi.

— C'était horrible. J'ai senti les regards, j'ai entendu « C'est lui », « Regarde-le ». J'étais mort de honte. J'ai toujours cru qu'ils savaient, alors que je n'avais rien dit à personne. Mais les médias, les parents… Et j'avais peur qu'on me pose des questions.

— Ce n'est jamais arrivé, si ?

— Il ne me semble pas. En tout cas, je ne m'en souviens pas. En revanche, je sais que j'aurais bien aimé m'asseoir à côté de toi, puisqu'on se connaissait. Mais l'institutrice pensait que je serais mieux au premier rang.

— Où tout le monde pouvait te voir.

— Où tout le monde pouvait me voir. Et on est restés amis.

— C'est sûr. Ensuite, il y a eu le premier baiser derrière les poubelles, en bas de chez toi.

— Et puis…

Je n'en dis pas plus. Ce qui devait arriver arriva. Nous sommes sortis ensemble pendant deux ans, nous nous entendions bien, puis Nicole a voulu que je m'engage, ce dont j'étais incapable. À partir de là, tout est devenu très compliqué. Nous nous sommes quittés, réconciliés, quittés, et ainsi de suite, jusqu'à ce que nous rompions définitivement.

— Un documentaire sur l'affaire est en cours de tournage. Tu accepterais d'être interviewée ?

— Hum… Tu me prends un peu au dépourvu, là. Il faut que je réfléchisse. Toi, tu y tiens vraiment ?

— Oui. Si une de mes ex doit apparaître dans le documentaire, c'est bien toi.

— Comment ça ? Pourquoi moi ?

— Parce que tu as assisté à mon retour.

— Ah, ça, je ne l'oublierai jamais. C'était l'effervescence. La foule, les journalistes qui couraient partout ! Je voulais sonner chez toi, mais mes parents m'ont conseillé d'attendre un peu. Il y avait plein de monde au pied de votre immeuble, et on t'a montré sur le balcon, comme une bête curieuse. Au moment où nos regards se sont croisés, j'ai compris que tu avais vécu l'enfer.

J'ai une boule dans la gorge. Je me souviens que je ne voulais pas sortir sur le balcon. Je ne voulais pas qu'on me voie. Je voulais rester à l'intérieur.

— Alors... tu es partante ?

— Oui, c'est d'accord.

Elle tient parole. Quelques jours plus tard, on nous filme en train de marcher bras dessus bras dessous, comme si nous ne nous étions jamais perdus de vue. Ensuite, Nicole parle de mon retour à l'école. De mon apparition au balcon, de son envie de passer me voir. De notre relation, d'abord amicale, puis amoureuse. Elle conclut sur une réflexion dont elle ne m'avait pas fait part au téléphone. Peut-être que la caméra la lui a inspirée. J'ai déjà vécu la même chose. Parfois, le fait d'être filmé aide à se souvenir.

— Je suis très fière de Sascha, car il a su continuer à vivre. Mais, parfois, je lui en veux d'avoir tout gâché. Il avait un potentiel énorme. Il échafaude sans cesse de nouveaux projets, et j'espère qu'il les mènera à bien, cette fois.

Lors de la diffusion du reportage, six mois plus tard, je suis troublé de voir avec quelle facilité Nicole résume ma vie. Oui, j'ai un potentiel énorme. Oui, j'échafaude sans cesse de nouveaux projets. Et, c'est vrai, jusqu'à maintenant, ils n'ont pas abouti. Je n'ai ni enfants ni restaurant.

Seulement, Nicole ignore que j'ai commencé à compiler mes souvenirs par écrit dans le but d'écrire un livre. Ça y est, je regagne la surface.

Les oiseaux gazouillent, on dirait que le printemps est là. Je ne peux pas l'affirmer avec certitude, car cela fait longtemps qu'Adam Geist ne m'a pas laissé sortir. Il est encore plus perturbé, depuis quelques jours. Soit il arpente la caravane en grognant, soit il fixe le mur pendant des heures, assis sur une chaise. Parfois, il se calme quand je lui dis « Bonjour », « Bonne nuit », que je lui propose de regarder la télévision ou de dessiner des dinosaures. Plus je lui parle gentiment et poliment, comme à un voisin, plus il me laisse tranquille. Et quand il s'approche avec l'intention de me violer, je m'empresse de lui dire : « J'aime ça, Adi. » Alors, j'ai de bonnes chances pour qu'il s'arrête net. Depuis que je l'ai compris, je suis gentil et poli. Pourtant, je n'en ai aucune envie. Tout ce que je veux, c'est pleurer, crier : « JE VEUX RENTRER À LA MAISON ! JE VEUX RENTRER À LA MAISON ! » Mais je sais que je n'en ai pas le droit. Pour tenir le coup, je joue la comédie en m'inspirant du théâtre de Guignol. Je m'affuble d'un masque rieur, le préféré d'Adam Geist. Il n'aime pas que je pleure, donc finies, les larmes. Je crois que je suis devenu adulte.

Mais, aujourd'hui, les oiseaux chantent, et mes parents me manquent tellement que mon cœur est sur le point de lâcher. J'ai mal au cœur, au sens propre. J'observe Adam Geist à la dérobée. Dos à moi, assis sur une chaise, il regarde le mur. Au réveil, il n'a pas réagi, lorsque je lui ai dit bonjour. Il n'avait pas non plus envie de dessiner ni de regarder la télévision. Je m'ennuie à mourir, mais hors de question que je me plaigne. Adam Geist ne le supporterait pas. Je dois donc rester gentil. Et poli. À cet effet, j'ai inventé un jeu : je repère les objets qui se trouvent dans la caravane et je les rebaptise, je leur donne un plus joli nom. Par exemple, le tas d'ordures par terre : je le regarde et je le renomme ballon. Oh, il y a un gros ballon par terre ! Le meuble de cuisine branlant et crasseux devient un bateau, et les plaques électriques, des cheminées. Ouah, un super bateau avec deux belles cheminées ! Ce jeu, en plus de m'occuper, m'aide à afficher un sourire de façade.

— Tu es vraiment très poli, dit un jour Adam Geist. C'est grâce à tes parents ? Les miens ne s'occupaient pas de moi.

Il me parle longuement de son enfance. En fait, il répète toujours la même chose : on ne le nourrissait pas, il ne voyait jamais personne, et les autres enfants se moquaient de lui à cause de ses vêtements bizarres. Il se disputait sans arrêt avec son père. Un jour, il l'a même ligoté sur une chaise. Je ne sais pas si c'est vrai. Je préfère ne pas trop y penser, car quelqu'un qui s'en prend à son propre père n'a pas toute sa tête. Ce qui n'est pas peu dire, concernant Adam Geist.

Le printemps semble donc être arrivé. Enfin, à l'extérieur, pas dans la caravane. Adam Geist boit, dort et ne se rend compte de rien. Moi, je guette le chant des oiseaux. Quand l'un d'eux ouvre le bal, les autres l'imitent. À certains moments, ils chantent tous en chœur, à d'autres, ils se relayent, à croire qu'ils suivent une partition. Je reste allongé sur le lit, les yeux ouverts, tandis qu'Adam Geist ronfle à côté de moi. Je me tiens le plus loin possible de lui, parce qu'il pue, surtout quand il boit. Moi aussi, je sens mauvais. Je ne sais pas quand je me suis lavé pour la dernière fois. Je me dégoûte. Avant, je me fichais de rentrer tout sale à la maison, après avoir joué. Aujourd'hui, c'est différent. Aujourd'hui, tout est différent. La crasse ne se contente pas de recouvrir ma peau, elle s'incruste en moi. Quand je passe un doigt sur mon bras, de petits points noirs restent collés. Je me dis qu'ils ne partiront jamais. Désormais, ils me collent littéralement à la peau. Maintenant qu'ils me tiennent, pour reprendre l'expression de Thorsten, ils vont m'envelopper d'un film opaque. Un jour, ils finiront par m'engoncer dans une combinaison tellement épaisse que je ne pourrai plus respirer. Déjà, parfois, j'étouffe. La première fois qu'Adam Geist m'a violé, j'ai hurlé de douleur. Depuis, je renferme un cri. Il s'est installé, il vit en moi, il m'oppresse, il ne sortira pas. Il me tient.

Le tas d'ordures : un ballon. Le meuble de cuisine : un bateau. Les plaques électriques : des cheminées. Le lit : un... Une... Le jeu finit toujours par le lit. Je n'arrive pas à trouver un autre mot. Un joli mot. Je déteste le lit, tout ce qui s'y passe, et c'est ce qui m'empêche de le rebaptiser. Je renomme tout l'intérieur de la caravane, mais le lit reste un lit. Je n'ai pas mieux.

Adam Geist bouge. J'ai cru qu'il avait pris racine. J'ai cru qu'il avait arrêté de respirer. Mais il n'a pas pris racine. Il respire toujours. Il saisit la bouteille posée sur la table et boit. Il consomme plus d'alcool qu'avant. À présent, il se lève et se dirige vers moi. Dès qu'il approche, le cri que je renferme devient plus puissant. Il est tellement fort que je retiens mon souffle. Que va faire Adi ? Va-t-il s'en prendre à moi ou allumer la télévision ? Là, plus que jamais, je dois être souriant, gentil et poli.

— Il y a sûrement quelque chose de bien à la télé, dis-je avec empressement. Peut-être un quiz.

Adi aime les quiz. Il tente de répondre en même temps, même s'il se trompe presque chaque fois. D'habitude, il veut que je participe. Donc je m'exécute, et nous jouons ensemble.

Il me fixe de ses yeux minuscules et rougis. Sa barbe est toute collante. Il sent le vinaigre. Non, pas le vinaigre. Le vomi.

Adi se contente de grogner. Il a du mal à parler, quand il boit beaucoup. Je redouble d'efforts pour sourire et paraître joyeux. C'est difficile car, en même temps, je pense au lit. Je n'arrive pas à le renommer, putain. « Putain » est un mot qu'Adi utilise fréquemment. C'est aussi un mot qui a raison de mon sourire, car, quand je l'entends, c'est mauvais signe. Mais je suis un adulte. Je ne dois donc pas me laisser abattre mais continuer à sourire. Je me mets à sauter sur le lit. Parfois, cela fait rire

Adi. Aujourd'hui, il ne rit pas, mais j'en profite pour approcher de la télévision et l'allumer.

Adi oubliera peut-être ce qu'il a en tête.

Hop, hop ! Et j'appuie.

La femme qui apparaît à l'écran présente les informations. Adi change immédiatement de chaîne. Pas d'informations ! Personne n'est à ta recherche. Tes parents t'ont oublié. Tu resteras ici pour toujours. Je souris. Je suis gentil. Et poli. Sur la deuxième chaîne, un homme tire avec un pistolet. Un match de football passe sur la troisième. Sur la quatrième, c'est un quiz.

Adi prend place sur le lit, à côté de moi. Je suis assis en tailleur. Lui se tient comme sur la chaise, les pieds par terre et le dos voûté. À force de sourire, j'ai les joues qui tirent. Chouette, un quiz. On va pouvoir jouer, Adi. Il se lève et monte le son. Je me calme petit à petit. Le cri que je renferme diminue d'intensité. À mon avis, aujourd'hui, nous regarderons seulement la télévision. Peut-être même qu'il y aura à manger. Peut-être qu'Adi va ouvrir une boîte de conserve. Peut-être qu'il va trouver une bouteille et boire. Peut-être qu'il va s'endormir. Peut-être que je vais pouvoir dormir un peu, jusqu'à ce que les oiseaux me réveillent. Peut-être, peut-être.

Adam Geist se lève. Aussitôt, le cri monte. Non, fausse alerte. Il se contente d'augmenter le volume de la télévision pour ne pas rater un mot du quiz. À présent, le son est tellement fort que j'entends à peine lorsqu'on frappe à la porte.

À peine. Je sursaute.

Toc, toc, toc.

Un homme parle. Ce n'est pas l'ami d'Adam Geist.

Ça y est, Adam Geist l'entend aussi. Il sursaute, comme s'il venait de recevoir une décharge électrique. Il blêmit, puis me saisit le bras. Mon sourire s'efface d'un coup.

— Adam Geist ? Adam Geist ? Police, ouvrez !

Le tournage progresse à un bon rythme. Il le faut, car la diffusion du documentaire est prévue dans l'année. Là encore, on veut me filmer dans mon environnement professionnel. Mais en ce moment, je n'ai pas de travail. Pour y remédier, le réalisateur, qui ne manque pas de ressource, appelle un hôtel très connu de la région. Je sers, sous l'œil de la caméra. C'est une journée productive : d'une part, une scène importante est dans la boîte, d'autre part, je constate que j'ai perdu l'envie d'être serveur. Sans doute à cause du verbe « servir ». Je réfléchis à mon avenir, tout en m'occupant de mes clients avec politesse et discrétion. Heureusement, mon hésitation n'est pas palpable, car, plus tard dans le film, j'évoque mon intention d'ouvrir un restaurant. Je reste volontairement flou.

— Je dois réfléchir à ce projet, voir s'il est réalisable. J'ai envie qu'il aboutisse, mais je ne peux pas dire si ce sera dans cinq ou dix ans.

Comme d'habitude, un pas en avant, deux pas en arrière. Nicole dirait peut-être : « Sascha tout craché ! » Beaucoup de projets, peu d'accomplissements.

À présent, le réalisateur souhaite interviewer ma famille. Il commence par Jenny, la personne qui l'intéresse le plus. C'est elle qui m'a dit de monter dans le bus. Il lui demande comment elle a réagi en apprenant, à son retour, que son petit frère avait disparu. Jenny n'a pas à réfléchir longtemps. S'il y a bien un moment de sa vie qu'elle n'oubliera jamais, c'est celui-là.

Elle rentre vers 22 heures, 22 h 30. Bien sûr, elle me croit déjà couché. Elle ne peut pas deviner qu'à cet instant, je suis avec un homme qui m'oblige à traverser la campagne enneigée. Un homme qui m'embrasse. Et qui compte aller encore plus loin. Un homme qui me tient et qui ne me lâchera pas comme ça. Lorsqu'elle monte l'escalier, notre père court à sa rencontre.

À ce moment-là, Jenny ne peut retenir ses larmes, face à la caméra.

— J'adorais mon petit frère, même s'il me rendait chèvre, parfois. C'était un gamin génial. Il avait peut-être été enlevé par une personne prête à tout pour avoir un enfant. Avec un peu de chance, elle finirait par en avoir assez de lui et le relâcher.

En entendant ces mots, je ne peux m'empêcher de penser que s'il en avait eu assez de moi, il m'aurait tué au beau milieu des champs. Aujourd'hui, sur les lieux, on ne trouverait plus que mes ossements.

— Parfois, j'ai l'impression que ses démons reviennent le hanter. Notre famille n'a pas su gérer cette situation. Peut-être qu'on s'est tous trompés. Quand Sascha est revenu, on a essayé de continuer à vivre comme avant, comme si rien ne s'était passé.

On n'aurait pas dû. On aurait dû en parler. Tous ensemble.

La caméra reste braquée sur Jenny. La caméra ne connaît pas les larmes.

— Ce n'est pas quelqu'un de stable. Un jour, il veut ci, le lendemain, il veut ça. Il change souvent de travail, il ne reste jamais longtemps au même endroit. Je ne pense pas qu'il soit en paix avec lui-même.

La caméra est une machine. Pas moi. Moi, je connais les larmes. Lors de la diffusion du documentaire, que je regarde seul chez moi, j'entends Jenny dire :

— Il se sent tellement perdu, parfois.

Je connais les larmes, mais je ne les laisse pas couler. Je sais que ma poitrine renferme un cri, et je ferai en sorte qu'il y reste.

— Je ne peux pas vous dire quelle vie il aurait menée, si on ne l'avait pas enlevé, conclut Jenny. En tout cas, je sais qu'il s'est forgé une carapace.

— Adam Geist ? Police, ouvrez la porte !

Boum, boum, boum.

L'homme est sérieux. Il veut rentrer. Adam Geist est désemparé.

— La clôture, la porte... Tout est fermé, pourtant, murmure-t-il.

— On a vu la lumière ! Ouvrez la porte !

Adam Geist se tourne vers moi. Vite, sourire et être gentil, très gentil. Sinon, gare à moi ! C'est la première fois que je vois Adam Geist aussi affolé. Je ne perds pas le sourire pour autant. Je ressens de la peur, mais également autre chose, resté enfoui depuis trop longtemps : de l'espoir.

— Ils ont dû escalader, dis-je, avant de mettre la main sur ma bouche. Ce n'est ni gentil, ni poli, au contraire : c'est insolent. Et Adam Geist ne le supporte pas. Dès qu'il se lève, je cours me cacher dans un coin. Au lieu de me rattraper, il court vers la porte, recule, puis va à la fenêtre et se baisse pour regarder au-dehors. Quelques jours auparavant, une planche est tombée. Depuis, on peut voir dans la caravane à travers un interstice. Peut-être que l'homme a jeté un coup d'œil. Peut-être qu'il m'a reconnu. Peut-être qu'il s'est souvenu du petit garçon disparu, bien que la presse ne s'y intéresse pas et que mes parents m'aient oublié. Je ne crois plus Adam Geist. Il ment ! Il ment comme il respire ! Il dit qu'il déteste les menteurs, mais il passe son temps à raconter n'importe quoi ! Mes parents ne m'ont pas oublié. Non, non, non, ils pensent à moi chaque jour, chaque heure, chaque minute, chaque seconde ! Mon père a transmis mon signalement à tous les policiers de la région. Il leur a dit que je m'appelais Sascha. Le policier dehors est au courant et veut rentrer.

Il est venu me sauver !

Cette pensée me submerge. Dans ma tête, tout est sens dessus dessous. Il est venu me sauver !

Adam Geist s'agite. Il fouille dans ses affaires, comme s'il cherchait quelque chose. Comme s'il avait besoin de quelque chose. Un rat s'échappe et se réfugie sous le lit. Cette apparition me rappelle que je dois me comporter comme un grand garçon. Montre-toi adulte, Sascha.

Adam Geist se précipite vers la porte. Qu'est-ce qu'il a dans la main ? Il colle son oreille à la cloison.

Boum, boum, boum.

J'entends une deuxième voix, plus grave que la première.

— Ouvrez immédiatement !

Adam Geist est tapi derrière la porte, prêt à bondir.

— J'assisterai à l'interview de mes parents, annoncé-je au réalisateur.

Il me regarde. Peut-être que ma présence le dérange, mais c'est à prendre ou à laisser. Ma mère a de gros problèmes de santé. Quant à mon père, il ne rajeunit pas. Je passe les voir plusieurs fois par semaine, et ce n'est pas le tournage qui va perturber mes habitudes. Comme, la dernière fois, mon père m'a demandé d'apporter de quoi accrocher un tableau au mur, je suggère au réalisateur de me filmer pendant que je bricole. À présent, je sais que même un documentaire a besoin de mouvement. Je l'ai appris au cours des derniers mois. C'est la raison pour laquelle les réalisateurs veulent toujours que je m'affaire. Cette fois, on pourra donc nous filmer, mon père et moi, en train d'accrocher un tableau. En tout cas, je tiens à être présent, ne serait-ce que pour entendre ce que ma mère a à dire. À la maison, l'enlèvement est un sujet tabou. Mais, connaissant ma mère, je suis sûr qu'elle a un avis là-dessus. Ma mère a un avis sur tout. Comme moi. Et l'avis des autres nous intéresse aussi. Sauf quand il s'agit de l'enlèvement : là, bizarrement, tout le monde se tait. Ou alors, c'est moi qui me tais, et les autres m'imitent.

En présence de l'équipe de tournage, nous pourrons difficilement garder le silence. Autrement, il n'y aura rien à filmer.

Le réalisateur prie mes parents de s'installer confortablement sur le canapé. Je blague un peu pour que mon père se détende. Pour que ma mère rie. J'aime l'entendre rire. Je veux qu'elle se sente bien et qu'elle ne s'inquiète pas.

Ce n'est pas évident, de s'exprimer devant une caméra. Je ne me sens jamais aussi observé que lorsqu'on me filme. Ma mère, elle, ne paraît pas mal à l'aise, à croire qu'elle n'attendait qu'une chose, qu'un réalisateur débarque chez elle et dise : « Ça tourne. »

— Je travaillais de nuit, jusqu'à 5 heures du matin. J'ai appris la disparition de Sascha en rentrant.

Mon père croit encore que je dors chez un copain. Enfin, il essaie d'y croire. Ma mère se dit tout de suite que c'est impossible, car je ne sors jamais sans demander la permission. Je n'ai pas non plus fugué, contrairement à ce qu'envisageront les enquêteurs.

— Au commissariat, un policier a pris notre déposition, puis nous sommes rentrés chez nous. Je savais qu'on l'avait enlevé.

J'ai mal, en voyant mes parents assis sur ce canapé. Ils ont l'air tellement fragiles... Ma mère revit les événements. Comme Nicole, elle dit que cet homme a détruit tout le monde, aussi bien ma famille que moi.

— À son retour, Sascha a dit qu'il ne voulait pas en parler. Nous, nous aurions préféré, car cela l'aurait soulagé, mais il a toujours refusé de se confier.

C'est bizarre de l'entendre s'adresser à la caméra, plutôt qu'à moi. Nous sommes dans le même état d'esprit. Dans certaines circonstances, nous éprouvons moins de difficultés à parler face à une machine.

Je confirme que ma mère dit vrai. Quand mes parents s'inquiétaient pour moi, je leur répondais : « On en parlera plus tard, quand je serai prêt », en sachant pertinemment que cela n'arriverait jamais. Je leur disais aussi : « J'en ai assez, de vos interrogatoires. Bien sûr, que je vais bien. Je suis rentré, c'est tout ce qui compte, non ? »

Pour mes parents, oui, peut-être. Mais pas pour d'autres personnes, comme le psychiatre, celui-là même qui s'est plaint à mon père que je n'étais pas coopératif. Que j'y mettais de la mauvaise volonté. Et qui n'était pas très optimiste pour l'avenir. Pas étonnant que j'aie voulu lui donner raison.

— Il voulait simplement qu'on le laisse profiter de sa famille et de ses amis, dit ma mère.

À l'époque, personne ne s'est préoccupé de mes parents. Personne n'a senti qu'ils étaient à bout, eux aussi.

— On n'en pouvait plus. Un peu plus, et je me jetais par la fenêtre.

L'attitude des enquêteurs n'arrange rien. Ma mère en tremble encore aujourd'hui.

— Les policiers ont essayé de me persuader qu'il était mort. Je n'arrêtais pas de leur dire que mon fils était encore en vie !

Et moi ? Moi, je ne voulais pas que ma mère s'inquiète. Je voulais qu'elle soit heureuse. Je voulais qu'elle rie ! C'est la raison pour laquelle je me montrais toujours gentil et poli. Et souriant, bien sûr.

— Le plus étonnant, c'est que Sascha ait conservé une telle joie de vivre, malgré tout ce qu'il a enduré, conclut ma mère. J'ai souvent dit à mon mari que nous avions un fils exceptionnel. Il ne laisse jamais transparaître son chagrin, car il ne veut surtout pas que nous nous fassions du souci pour lui. Mais je m'en fais quand même, car je sais dans quel état d'esprit il est.

Pour la première fois depuis le début de l'interview, mon père prend la parole.

— Je ne sais pas comment Sascha a pu survivre à une telle épreuve.

Lorsque Adam Geist bondit, je vois enfin ce qu'il tient dans la main: c'est un vieux vêtement roulé en boule. Que compte-t-il faire avec ça? Il se rue sur moi. Adam Geist est grand, bien plus grand que moi. Adam Geist est fort, bien plus fort que moi. Il est méchant, sournois, désagréable, répugnant. Or, là, il n'en mène pas large.

— Ne dis rien, ne dis rien, supplie-t-il.

Il se dirige à nouveau vers la porte. Au moment où il tourne le verrou, les deux hommes l'enfoncent et entrent. Je remarque immédiatement qu'ils ne portent pas d'uniforme, ce ne sont donc pas des policiers. Immense déception.

— J'ai de la visite, bredouille Adam Geist, choqué par cette intrusion. Vous pouvez pas entrer.

L'un des hommes se poste à côté de lui. L'autre s'approche de moi en réprimant une grimace de dégoût.

— Comment tu t'appelles?

Je réfléchis fébrilement. Si c'est un ami d'Adam Geist, si ce sont deux amis d'Adam Geist, alors...

Alors...

Mais l'homme est très différent d'Adam Geist, même s'il ne porte pas d'uniforme.

— Sascha, réponds-je d'une toute petite voix.

Un bruit provient de l'avant de la caravane.

— Il s'appelle Sascha Geist ! s'écrie mon ravisseur.

— Du calme, l'ami, dit le deuxième policier.

Je reprends mes esprits. Pourquoi je m'appellerais Sascha Geist ? Je ne suis pas Sascha Geist. Mon nom, c'est Sascha Buzmann.

Et je le dis aux deux hommes.

— C'est Buzmann, mon nom de famille.

Durant quelques secondes, l'homme me regarde fixement, exactement comme Adam Geist.

— Ce n'est pas possible…

En un éclair, il se ressaisit et ceinture Adam Geist, qui crie.

Le deuxième homme le plaque au sol et s'agenouille sur lui, comme Adam Geist s'est agenouillé sur moi. Mais il ne baisse pas sa braguette. Il sort une paire de menottes et saisit les bras d'Adam Geist, qui crie à nouveau.

Il crie comme j'ai crié.

Le premier homme se tourne vers moi. Il n'en revient pas.

— Qu'est-ce qui s'est passé ?

Je ne comprends pas ce qu'il veut dire par là ? Beaucoup de choses se sont passées. Que dois-je répondre ?

— J'ai dû le suivre. Je ne voulais pas, et il m'a forcé.

Adam Geist est toujours maintenu à terre. Je ne pense pas qu'il puisse se lever. Je ne pense pas qu'il puisse approcher et s'en prendre à moi. Je pense que les deux hommes sont plus forts que lui. Mais ce ne sont pas des policiers. Je ne sais pas ce qu'ils me veulent.

— Il t'a fait mal ? Il t'a touché entre les jambes ?

J'ai une sorte de déclic. C'est comme si une digue cédait. En quelques secondes, mon visage est trempé. Je suis mort de peur et de honte. Je hais cet homme plaqué au sol. Je le hais, je le hais, je le hais. Je veux rentrer chez moi, vite !

Je tente de parler entre deux sanglots, en espérant que l'homme comprenne.

— Je veux rentrer chez moi. Je veux rentrer chez moi. Je vous en prie, je vous en prie. Laissez-moi rentrer à la maison !

La caméra est rangée, les rushs sont prêts, le montage peut débuter. On n'a plus besoin de moi. J'ai accompli mon devoir. Je pourrais profiter de mon temps libre pour chercher du travail. Mais je me souviens de ce que j'ai ressenti, le jour où nous avons tourné à l'hôtel. Je n'ai plus envie d'être serveur. Donc je ne cherche pas. Je passe beaucoup de temps dans mon lit ou devant la télévision. Je sors. Parfois, j'écris quelques souvenirs. Mais de moins en moins.

Jusqu'au jour où le téléphone sonne. Cette fois, c'est une femme. Elle a entendu parler de moi. Elle a lu l'article. Elle a vu le reportage. Elle me demande si j'aimerais publier un livre.

Quelque part, un ange gardien doit veiller sur moi.

— Oui, j'y ai pensé. Mais je ne suis pas écrivain.

— Avez-vous envisagé une collaboration ?

J'ai déjà envisagé beaucoup de choses.

— Oui. Nous devrions peut-être nous rencontrer.

Je souris. Ça y est, je parle comme les gens du métier. Ces derniers mois ont été riches en enseignements.

Quelques jours plus tard, j'ai rendez-vous avec l'écrivain au Starbucks de la gare de Wiesbaden.

— Travailler sur un livre, ce n'est pas la même chose que tourner un documentaire, m'explique mon futur collaborateur. La caméra vous enregistre. À l'écrit, c'est vous, la caméra. Vous devez être précis, observateur. Parce que c'est votre ouvrage. Pas le film de quelqu'un d'autre.

J'ai l'impression d'entrer dans le vif du sujet. Sans l'article, sans le reportage, sans le documentaire, je ne serais pas assis dans ce café. Mais ils exprimaient le point de vue de personnes extérieures. À mon tour de jouer cartes sur table. Je vais devoir livrer mon point de vue sur mon histoire.

— Vous serez là pour m'aider ? demandé-je à l'écrivain.

— Je ferai le maximum.

Je ne vais pas renoncer maintenant. Pas après avoir parcouru tout ce chemin.

— Dans ce cas, je vais essayer.

Deux semaines plus tard, je reçois l'écrivain chez moi. Il vient avec son ordinateur portable et un dictaphone. Il dit qu'il n'a pas besoin de plus de matériel. Très vite, je comprends pourquoi. L'approche de l'écrivain n'a rien à voir avec celle des journalistes et des réalisateurs rencontrés au cours des derniers mois. Il s'intéresse à ce que j'ai ressenti durant ces vingt-cinq dernières années, et non à ma mémoire fraîchement retrouvée. Ses questions aussi sont radicalement différentes.

— Que diriez-vous à Adam Geist, si vous étiez amené à le revoir ?

C'est une cascade, un torrent de larmes qui jaillissent de mes yeux, de mon nez. Tout juste si elles ne coulent pas aussi de ma bouche et de mes oreilles. L'homme en face de moi est désemparé, dépassé. Il répète plusieurs fois une question que je ne comprends pas, car sa voix ne parvient pas jusqu'à moi.

Puis, enfin, je l'entends entre deux sanglots.

— Est-ce que tu as des chaussures ?

Je regarde mes pieds. Non, je n'en porte plus depuis une éternité.

— Tu en avais, quand il t'a enlevé ?

— Oui, je crois, mais je ne sais pas où elles sont passées.

— Ce n'est pas grave. Je vais te porter jusqu'à la voiture.

Lorsqu'il se penche pour me prendre dans ses bras, j'ai d'abord un mouvement de recul. Puis je me laisse faire. Je veux quitter cet endroit à tout prix. L'homme me soulève. Lorsqu'il passe devant Adam Geist, celui-ci est toujours maintenu au sol. Je détourne la tête. Je ne veux plus jamais le voir.

Nous sortons. Je n'arrive pas à le croire, mais nous sommes bien à l'extérieur, là où m'attendent les oiseaux, l'air frais, le monde, mon père et ma mère. Mes larmes cessent tout à coup de couler, comme si quelqu'un venait de fermer un robinet. Mais il y a une question d'adulte que je dois absolument poser.

— Vous êtes un vrai policier ?

L'homme rit.

— Oui, mon collègue et moi travaillons en civil.

Il me prend pour un enfant, et non pour un adulte, aussi ajoute-t-il :

— « En civil », ça veut dire « sans uniforme ». Quel hasard ! On est venus parce que cet homme est parti d'un bar sans payer.

Adam Geist traitait les policiers de connards, avec ou sans uniforme. Mais maintenant qu'il est menotté sur le sol de la caravane, son opinion n'a plus d'importance. En tout cas, le policier qui m'emmène loin de lui n'a rien d'un connard ! Nous pourrions même être amis, et je le lui dis, avant de m'excuser.

— Désolé d'être aussi sale.

— Ça ne fait rien, ça ne fait rien. Du moment que tu es…

Au lieu de terminer sa phrase, il poursuit :

— Tu vas t'asseoir dans la voiture. Plein de gens vont arriver, mais n'aie pas peur : ce sont des collègues, des policiers.

— Ils seront en uniforme ?

— Oui, et ils viendront rien que pour toi.

Nous quittons le terrain vague et passons la barrière. Elle est grande ouverte. Les deux hommes n'ont pas eu à escalader la clôture.

— Moi, j'ai dû escalader, dis-je au policier.

Je ne suis pas sûr qu'il sache de quoi je parle.

Le véhicule qui stationne près de la barrière n'est pas aux couleurs de la police. L'homme sent que je me méfie.

— Les gens ne doivent pas savoir tout de suite que nous sommes de la police. Sinon, ils s'enfuient en nous voyant arriver.

Adam Geist se serait enfui, à n'en pas douter. Avant, il aurait peut-être eu peur que je parle, que je raconte tout, alors il aurait pris une poêle, un marteau, un couteau…

— Il va rester là-bas ? Il ne sortira plus ?

— Geist ? Il n'ira nulle part, à part en prison.

Geist. Le spectre. Le spectre n'ira nulle part.

Le spectre ne me tient plus.

Le spectre est menotté.

Une joie immense m'envahit. Je n'ai jamais rien ressenti de tel, ni avant, ni depuis. Elle m'inonde tout entier, du cuir chevelu aux orteils, circule dans mes mains, dans mes genoux, dans mon ventre, sous mon crâne, sur mon visage et le long de mes jambes. À part là où Adam Geist m'a touché, la joie est partout.

Le policier ouvre la portière de la voiture côté passager et m'installe sur le siège.

— Il faut que j'y retourne pour donner un coup de main à mon collègue. N'aie pas peur, je reviens. Ça ne te dérange pas que je ferme à clé ?

Non, ça ne me dérange pas. Tout à ma joie, je suis des yeux le policier qui retourne au terrain vague. Qui passe la barrière, comme si c'était la chose la plus naturelle du monde. C'est sans doute plus facile, quand on est policier. Puis il entre dans la caravane. Quand je repense à quoi est due ma libération – non pas au hasard pur et simple, mais à une addition impayée –, mes larmes coulent à nouveau.

— Mon Dieu, mon Dieu, merci de m'avoir sorti de là !

L'écrivain et moi prenons place autour de la table et parlons. Nous sortons déjeuner et parlons. Nous rentrons chez moi et parlons. Nous sortons dîner et parlons. À ce rythme, je ne vais bientôt plus avoir de cordes vocales. Et ce n'est que la première étape. Il faut énormément parler, avant de pouvoir commencer à écrire.

Lorsque l'écrivain rentre chez lui, je me retrouve à nouveau seul. Rendez-vous est pris dans quelques semaines. La rédaction d'un livre demande beaucoup plus de temps que la réalisation d'un documentaire.

— C'est normal, dit l'écrivain. Résumer une vie en moins de trois cents pages, c'est un sacré défi.

J'ai répondu à toutes ses questions, y compris celle-ci : que dirais-je à Adam Geist, si j'étais amené à le revoir ?

— Je ne le reverrai pas. Il est détenu dans un centre spécialisé, je ne sais même pas où, exactement.

— Ce n'est pas une réponse.

L'écrivain peut parfois se montrer dur. Je dois tout raconter en détail et expliquer ce que j'ai ressenti. Puis, de but en blanc, il me demande ce que j'emporterais sur une île déserte.

— Vous, qu'est-ce que vous emporteriez ?

— Je veux bien vous le dire, mais seulement si vous répondez d'abord.

Nos conversations se déroulent ainsi. Je me sens plus à l'aise devant la caméra. Mais je veux que ce livre voie le jour. À tout prix. Car tant de choses restent à rectifier.

Par exemple, lorsque Adam Geist doit comparaître devant la justice pour un deuxième enlèvement d'enfant, une journaliste reconnue y va de son article. Elle compare l'accusé à un homme en train de se noyer, à qui les passagers d'un paquebot de luxe ne lanceraient non pas une bouée, mais une paille pour qu'il aspire la mer. Et ils s'étonnent qu'il ne la saisisse pas au vol. Elle sous-entend par là que les passagers du paquebot sont responsables d'Adam Geist. Et ces mêmes passagers symbolisent la société. Selon elle, nous sommes tous, moi compris, responsables des crimes qu'a commis Adam Geist. Y compris moi. Elle écrit : « Rarement une récidive n'a été aussi bien organisée. » Comme si la société avait fait d'Adam Geist un pédophile. Elle raconte son « enfance misérable ». Alors que son père, à son retour du front, trouve un emploi administratif à l'école de police, la famille continue à vivre dans une caravane, parmi les détritus. Le jardin tient lieu de toilettes, l'eau est puisée dans un ruisseau douteux. Enfant, Adam Geist est déjà marginalisé. La journaliste le compare à Kaspar Hauser. Ce mystérieux jeune homme apparaît le 26 mai 1828 sur la grand-place de Nuremberg et affirme qu'il a passé toute sa vie dans un cachot, uniquement nourri au pain et à l'eau. L'énigme passionne et donne naissance aux théories les plus folles, y compris celle selon laquelle Kaspar Hauser serait le prince héritier de Bade. Une théorie démentie depuis. Sur sa tombe est gravée l'inscription suivante : *« HIC JACET CASPARUS HAUSER AENIGMA SUI TEMPORIS »*. Ci-gît Kaspar Hauser, énigme de son temps.

Mais Adam Geist n'a rien d'un Kaspar Hauser. Il n'a rien d'une « énigme de son temps ». La journaliste est fascinée par le pédophile. S'il obtient le brevet des collèges, c'est grâce à son intelligence supérieure. En revanche, on ne lui inculque aucune valeur humaine. En 1967, il est admis à la clinique universitaire de Mayence. Le diagnostic tombe : il souffre de schizophrénie. Trois ans plus tard, Adam Geist retourne à l'hôpital psychiatrique. Les médecins confirment le premier diagnostic. La journaliste, elle, le réfute, au vu des événements qui ont suivi. Puis, troisième internement d'Adam Geist. On le laisse sortir trois mois plus tard. À ce stade, un certain nombre de personnes savent où et comment il vit. Les services de santé n'ont jamais douté des « stratégies de survie » déployées par Adam Geist. La journaliste raconte aussi comment, au cours de la séquestration, il a tenté de « devenir intime » avec moi. D'après cet avis éclairé, Adam Geist ne m'a pas enlevé pour me violer. Il voulait surtout avoir un « petit compagnon ». La preuve, il s'est efforcé de me « traiter correctement ». Raison pour laquelle son avocat a qualifié son crime d'appel au secours.

Pour conclure, la journaliste dit que si, ce jour-là, Adam Geist avait croisé la route d'un chien abandonné, il l'aurait peut-être recueilli.

Ce n'est pas la route d'un chien abandonné qu'Adam Geist a croisée, mais celle de Sascha Buzmann. Et Sascha Buzmann n'était pas abandonné. Sascha Buzmann ne voulait pas être le petit compagnon d'Adam Geist. Et, surtout, Sascha Buzmann aurait préféré choisir, en temps voulu, la personne avec qui il « deviendrait intime ».

J'évoque cet article abject avec l'écrivain.

— Pourquoi a-t-on tant écrit sur Adam Geist ? Et pourquoi cette femme tient-elle la société pour responsable de ses actes ?

— Pour certaines personnes, la psychologie du coupable est plus intéressante que les revendications des victimes, répond l'écrivain. Elles espèrent ainsi figurer en première page. Ou bien elles sont sous le charme de l'accusé. Ou bien encore, elles pensent sincèrement pouvoir éviter d'autres crimes. En tout cas, elles évoluent sur un terrain glissant. Très glissant.

— Et cela entretient le doute.

— Exactement. Rien n'est jamais sûr à cent pour cent.

Ensemble, nous parlons aussi de football, du tabou autour de l'homosexualité, de gâteaux, de chocolat, de desserts et de tiramisu, mon péché mignon. De la vie de couple, de l'amour fou. Nous débattons de ce qui, des actes ou des paroles, définit le mieux une personne. Enfin, je dis à l'écrivain ce que j'emporterais sur une île déserte : un hôtel, une connexion Internet et un stock illimité de vivres.

— Intéressant, répond l'écrivain. La première chose, pour être moins à l'étroit que dans la caisse.

La deuxième, pour rester en contact avec le monde. La troisième parle d'elle-même.

Nous en revenons à Adam Geist. À ce que je lui dirais. Je ne sais toujours pas, mais ma réponse ne presse pas. L'écriture d'un livre n'est pas un sprint, mais un marathon.

Le policier en civil n'a pas menti. Soudain, c'est l'effervescence. Tous ces gens sont venus pour moi. Une femme tape à la vitre. Elle voudrait entrer, mais la voiture est fermée. Elle me demande de la déverrouiller de l'intérieur. Je ne préfère pas. Le policier a dit qu'il revenait, donc je l'attends. Le voilà. Il ouvre la portière, passe la tête dans l'habitacle et m'explique que cette femme est psychologue. C'est la première fois que j'entends ce mot. Je n'en connais pas encore la signification.

— Tu acceptes qu'elle monte dans la voiture ?

Avant que j'aie le temps de répondre, elle est déjà assise. Elle se présente, mais je ne retiens pas son nom. Puis elle demande comment je me sens.

— Bien.

Une réponse que je fournirai souvent, dans les années à venir.

— Qu'est-ce qui s'est passé, Sascha ?

Je regarde la femme. Elle a l'air sympathique.

— Je ne veux pas en parler.

Elle n'est pas fâchée, du moins, elle n'en laisse rien paraître. Peut-être qu'elle cherche simplement à être gentille. Peut-être que, comme moi, elle affiche un sourire de façade.

— Rien ne t'y oblige, ce n'est pas grave.

Un homme en uniforme frappe à la vitre et se présente. J'oublie aussitôt son nom, mais pas sa fonction : c'est un commissaire, un vrai policier.

Il prend les choses en main.

— Sascha, je vais devoir te demander de retourner dans la caravane. Il faut qu'on prenne des photos.

À première vue, difficile de croire que la gare de Wiesbaden est la principale de la région. En dehors des trains grandes lignes toutes les deux heures, on ne peut prendre que des trains de banlieue pour Francfort et Mayence. Mais j'aime cette gare. Quand j'y arrive à la fin d'un contrat, je me sens déjà à la maison. À l'inverse, quand j'en repars, j'ai l'impression de partir à l'aventure.

J'attends mon train sur l'un des rares quais de la gare. Un rapide coup d'œil sur mon billet confirme que je m'apprête à faire le grand saut : Wiesbaden – Francfort – Mannheim – Karlsruhe – Fribourg – Bâle – Zurich.

Si je suis là, c'est parce que Michaela m'a appelé plusieurs fois pour me convaincre.

— Viens tenter ta chance. Tu as déjà travaillé comme indépendant, non ? D'accord, sous-traitant, mais tout de même ! Chez nous aussi, tu pourrais te faire une place. Qu'est-ce que tu risques ? Si ça ne te plaît pas, tu pourras revenir à l'hôtellerie, il y aura toujours des gens qui voudront manger ou boire. Allez, lance-toi !

Michaela n'a que de bons arguments. Moi, je n'en ai qu'un, qui, en comparaison, paraît faible : mon joli petit appartement, mon cocon, où les chaînes qui barricadent les portes et les fenêtres sont censées m'assurer une sécurité parfaite. Michaela ne veut rien entendre. Des cocons, il y en a aussi en Suisse. Et elle est bien placée pour le savoir.

Je finis par accepter. Et puis, zut, j'ai besoin de changer d'air et, surtout, d'exercer un métier qui me plaît. Je caresse également un rêve secret. Je connais et apprécie la Suisse, pour y avoir déjà travaillé. Une fois installé, j'aimerais y faire venir mes parents.

Une dernière chose me retient : l'écriture du livre. Ne serait-ce pas mieux d'attendre qu'il soit achevé, avant de partir ?

Je téléphone à l'écrivain.

— Vous partez vivre à Zurich ? Pour moi, au niveau de la distance, ça revient au même.

Voilà qui ne m'aide pas à me décider. Je change de sujet et lui demande ce qu'il pense de la divination. De la chiromancie, entre autres.

— Eh bien, en Inde, les arts divinatoires sont une branche de l'astrologie. À Bénarès, on a lu dans les lignes de ma main. J'y ai aussi acheté une bague dont je ne me sépare jamais. Donc on peut dire que j'y crois. Pourquoi cette question ?

— Croyez-le ou non, il y a deux ans, j'ai travaillé à Speyer, en Rhénanie. Un jour, une bohémienne m'a abordé. Du moins, c'est ce qu'il m'a semblé, car elle avait la peau mate, un fichu sur la tête et trois jupons superposés. Elle a proposé de lire les lignes de ma main. Quand je lui ai demandé combien cela allait me coûter, elle a répondu : « Dix euros. » Un client venait de me laisser un généreux pourboire, donc j'ai accepté. Quand elle m'a pris la main, je me suis dit : « C'est parti pour le blabla habituel : la ligne de vie, la ligne de tête, la ligne de cœur, etc. » J'avais tout faux. Elle a dit que, dans trois ans, je partirais vivre en Suisse, près d'un lac et que je gagnerais bien ma vie. Elle a conclu en disant que, là-bas, je serais avec ma femme et mon père. Puis elle a lâché ma main, m'a pris mes dix euros et est partie. Moi qui pensais qu'elle allait me donner des détails, je suis resté sur ma faim. À ce moment-là, j'ai eu une intuition. J'ai crié : « Attendez ! Et ma mère ? » Mais la bohémienne avait déjà disparu dans la foule.

— Qu'est-il arrivé à votre mère ? demande l'écrivain, après quelques secondes de silence.

Je n'ai plus le choix, je dois dire la vérité. C'est la véritable raison qui me retient ici. Il ne s'agit pas de l'appartement ni du livre.

— Elle est malade. D'après les médecins, il lui reste peu de temps à vivre.

— Je ne veux pas y retourner, dis-je au commissaire.

— Il n'y en a que pour quelques secondes, le temps de prendre quelques photos. N'aie pas peur, je resterai avec toi.

Sans attendre, il me prend dans ses bras et se dirige vers la caravane. Un policier en civil m'en a sorti, un policier en uniforme m'y ramène. La barrière. Le terrain vague. Puis, le trou noir, d'où émane une forte odeur de pourriture et de moisi.

Non ! Je ne veux pas y retourner ! Plus jamais !

Le commissaire franchit le seuil, comme si de rien n'était. Comme si de rien n'était, il me porte jusqu'au lit, où est assis Adam Geist, les mains menottées dans le dos. Il lève la tête. Son visage se crispe, je ne sais pas s'il s'apprête à rire ou à pleurer. Je ne l'avais encore jamais vu avec une telle expression.

— Sascha, je veux te dire que…

L'un des policiers en civil s'interpose. Je ne l'avais pas vu, trop préoccupé que j'étais par Adam Geist. Pourquoi m'oblige-t-on à retourner auprès de mon ravisseur ? Pourquoi ?

— Ferme-la, dit le policier. Plus tu la boucles, moins tu t'enfonces.

Adam Geist la ferme, et moi aussi. Nous la bouclons tous les deux, tandis que le commissaire me fait asseoir sur le matelas.

— Vous l'avez trouvé comme ça ? demande-t-il au policier.

— Le petit était en tailleur. Geist avait les pieds posés par terre, le haut du corps tourné vers la télévision. De l'extérieur, je n'ai pas pu voir quelle émission ils regardaient.

À la demande du commissaire, je me rassieds en tailleur, puis les policiers prennent des photos. Adam Geist et moi sommes assis sur le lit, et nous la fermons. Je ne suis ni gentil, ni poli, ni souriant. Hormis le fait qu'Adam Geist ne se tripote pas l'entrejambe, qu'il ne me demande pas de sucer quoi que ce soit et que nous avons un public, tout est comme d'habitude. Ce ne sont pas les trois policiers – un vrai commissaire et deux en civil – qui vont m'empêcher d'être terrorisé. Même les menottes que porte Adam Geist n'y peuvent rien. Sa présence suffit à me faire trembler de la tête aux pieds.

J'entends le clic de l'appareil photo. Clic, clic, clic. Encore une. Et encore une autre pour être sûr, parce que la pièce est très sombre.

Clic, clic.

— Bon. Ça, c'est fait. Emmenez Geist, je m'occupe du petit. Tu dois avoir hâte de revoir tes parents.

Geist se lève, aidé par les policiers en civil. Il tourne la tête vers moi, mais je ferme aussitôt les yeux. Lorsque je les rouvre, il a disparu.

Adam Geist a disparu.

Tel un spectre.

Je ne l'ai plus jamais revu.

Je suis à Zurich depuis quelques jours, et je pense sans arrêt aux personnes que j'ai laissées en Allemagne. À mon père, qui passe me prendre chez moi une fois par semaine pour que nous allions au supermarché ensemble. Je l'aide à porter tout ce qui pèse lourd. Même s'il est en bonne santé, je ne veux pas qu'il se fatigue inutilement. Au retour, j'en profite pour voir ma mère, qui, depuis plusieurs années, se déplace de plus en plus difficilement. En raison d'une glycémie trop basse, elle est souvent prise de vertiges et doit se reposer au maximum. Une fois que les courses sont rangées, je reste manger. Quand ma mère n'est pas en forme, je la remplace aux fourneaux. Je passe le lendemain et tous les jours suivants.

Souvent, ma mère m'appelle alors que je viens de rentrer chez moi. Elle me dit qu'elle avait quelque chose à me raconter, mais qu'elle a oublié. Neuf fois sur dix, soit ce qu'elle a à me dire ne va pas changer la face du monde, soit je suis déjà au courant. J'arrive à en rire, quand je suis de bonne humeur. « Non, c'est pas vrai ! Incroyable ! » Je suis alors le Sascha poli et avenant, qui garde toujours le sourire. Mais ce n'est pas toujours le cas. Parfois, je me réveille en pleine nuit à cause d'un cauchemar, et j'erre sur Internet jusqu'au petit matin. Alors, quand le téléphone sonne et que ma mère est au bout du fil, le Sascha souriant est dans l'incapacité de se manifester. Pourtant, tout ce que je souhaite, c'est que ma mère soit heureuse et qu'elle ne s'inquiète pas. N'a-t-elle pas eu son lot d'épreuves ? J'ai donc mis au point une stratégie. Si son numéro s'affiche alors que je ne me sens pas bien, je ne décroche pas. Je ne suis pas soulagé pour autant. Au contraire, j'ai l'impression d'être un minable. Pourquoi ? Parce que je viens d'ignorer ma mère. Tout ce qu'elle souhaite, c'est que son fils soit heureux et qu'il ne s'inquiète pas. N'a-t-il pas eu son lot d'épreuves ? Elle aussi a une stratégie : elle rappelle. Le téléphone sonne, sonne, sonne, son numéro s'affiche, et je ne décroche pas.

Maintenant que je suis en Suisse, je ne peux plus passer la voir ni aider mon père à faire les courses. Alors, elle m'appelle tous les jours sur mon portable, et je ne filtre aucun de ses appels.

Justement, mon portable sonne.

— Je dois être hospitalisée quelques jours. Mais ne t'inquiète pas, ça va aller.

Elle n'a pas terminé sa phrase que je m'inquiète déjà. Encore des soucis qui viennent s'ajouter à tous les autres.

— Je rentre, alors, le temps de trouver un billet de train.

— Tu n'es pas obligé, Sascha. Pense à ton nouveau travail.

Je m'en fiche, de mon nouveau travail. Ma mère est malade, elle a besoin de moi.

Après avoir prévenu Michaela, je monte dans le train. Il va parcourir en sens inverse le trajet que j'ai effectué il y a quelques jours : Zurich – Bâle – Francfort. Bientôt, je descendrai à la gare centrale de Wiesbaden avec le sentiment d'être à la maison.

Ma nouvelle vie, après quatre-vingt-six jours de séquestration, débute par un cri déchirant. C'est celui de ma mère, qui vient d'arriver au commissariat.

Pourquoi ne me prend-elle pas dans ses bras, au lieu de crier ? Je n'ai pas encore oublié ce qu'Adam Geist m'a dit : « Tes parents ne te cherchent pas. Ils t'ont oublié depuis longtemps. Ils sont assis dans le salon à se raconter des blagues. »

Puis ma mère court à ma rencontre. Rien ni personne ne peut la retenir. Elle me prend dans ses bras, m'embrasse, me serre contre elle, me cajole, le tout, en l'espace de quelques secondes. Elle ne veut plus me lâcher. La joie que j'éprouvais laisse place à une certaine angoisse.

— Calme-toi, maman.

Je lui demande l'impossible. Elle pleure, elle crie, elle m'embrasse encore et encore. Tout va tellement vite que je n'ai pas le temps d'arborer mon sourire de façade.

Heureusement, un policier arrive.

— Le petit doit aller à l'hôpital.

Quelques minutes plus tard, je monte dans la voiture de mes parents, direction l'hôpital. Ma mère est littéralement folle de joie. Dans le documentaire, mon père dira qu'elle tremblait et ne cessait de remercier Dieu, alors qu'il essayait tant bien que mal de se concentrer sur la route.

À l'hôpital, je dois me déshabiller et m'installer sur une table d'examen recouverte d'un drap immaculé. À peine suis-je assis qu'il n'est plus blanc, mais noir de crasse.

— Je suis désolé, dis-je au médecin qui se tient devant moi.

— Tu n'as pas à t'excuser, répond-il.

Pendant ce temps, ma mère parle sans plus pouvoir s'arrêter. Ce déluge de mots emporte avec lui tous mes souvenirs de l'examen. Je ne sais plus ce que le médecin a dit. Je ne sais pas s'il a vu ce qui m'était arrivé. Je ne sais qu'une chose : je me sens sale. Sale, sale, sale, sale, sale.

Une saleté qui résiste au flot de paroles de ma mère.

Nous sommes à nouveau dans la voiture. Mon père conduit, ma mère monte à l'arrière, à côté de moi. Elle me câline. Elle m'embrasse.

— Ne te sens pas obligé de parler, dit-elle. Attends d'être prêt.

Mais une question me taraude.

— J'ai disparu combien de temps ?

Ma mère recommence à pleurer, à moins qu'elle n'ait jamais vraiment arrêté.

— Trois mois. Non, plus de trois mois !

— C'est vrai ? Vous me devez trois mois d'argent de poche, alors ?

Je suis content de voir mon père s'esclaffer. Ma mère rit aussi, entre deux sanglots. Cela me fait encore plus chaud au cœur.

— Il a disparu pendant trois mois, et il s'inquiète de son argent de poche, dit-elle. Un vrai petit homme !

C'est ce à quoi j'aspire. J'étais un enfant, j'ai grandi et je suis devenu un homme. Un vrai petit homme capable de faire rire ses parents. Ils ne doivent pas savoir à quel point je me sens sale.

Je n'ai plus qu'à prendre un bon bain. Je suis persuadé que la crasse disparaîtra en même temps que je viderai la baignoire.

En arrivant à la gare de Wiesbaden, je n'ai pas l'impression d'être à la maison. Peut-être parce que je suis nerveux. Alors que, d'habitude, je rentre chez moi en bus, aujourd'hui, je prends un taxi. Je sens que je n'ai pas une seconde à perdre. Vingt minutes plus tard, j'ouvre la porte de mon appartement. Curieux : je l'ai fermée en croyant que je ne rentrerais pas avant plusieurs semaines, voire plusieurs mois. Décidément, c'est toujours la même chose. J'échafaude un projet, puis je change de projet. L'histoire de ma vie. Parfois, je me compare à une boule de billard dont seul un joueur averti peut deviner la trajectoire. La boule elle-même ne sait pas dans quel trou elle va tomber, et heureusement, sinon elle va essayer de changer le cours des choses. Là encore, comme moi. À peine arrivé, je repars, direction l'hôpital. En voyant ma mère, je comprends que les médecins ont raison. Elle, elle dit que ce n'est rien, qu'elle sera rétablie dans quelques jours. Je m'assieds au bord du lit.

— Alors, la Suisse ? Raconte !

Il n'y a pas grand-chose à dire. Mais je dégaine mon plus beau sourire et décris Zurich avec enthousiasme. Quelle ville superbe ! Les gens qui bronzent sur les rives de la Limmat ! Le lac et ses bateaux ! Les Alpes et leurs sommets enneigés qui tutoient le ciel ! Des gens sympathiques, un travail génial et un salaire super. Et si elle venait me voir avec papa, dès qu'elle sera rétablie ? Qui sait ? Ils se plairont peut-être tellement à Zurich qu'ils ne voudront plus repartir. À nous les week-ends dans le Jura, les Alpes ou au lac des Quatre-Cantons !

Je parle comme un commercial. Et j'ai du bagout, je le sais. Je cherche à vendre quelque chose à ma mère, une fin de vie tranquille et paisible à mes côtés. Lorsque je la vois, toute fragile dans ce lit d'hôpital, j'oublie qu'elle m'agace, avec ses appels quotidiens. Maintenant, peu importe : qu'elle me téléphone autant qu'elle veut.

Je t'aime, maman.

Et je t'aimerai toujours.

Rien ni personne ne peut détruire cet amour : ni Adam Geist, ni l'enlèvement, ni la séquestration, ni les viols, ni la crasse que je n'ai jamais réussi à éliminer.

Crois-moi, maman, j'ai essayé. Dès le premier jour.

Le deuxième cri de la soirée retentit. C'est celui de Jenny. Lorsqu'elle nous aperçoit dans l'escalier, elle crie aussi fort et aussi longtemps que ma mère. Doris, mon frère et sa petite amie se tiennent à côté d'elle. Tous mes proches sont là. Ils me prennent dans leurs bras, me couvrent de bisous et me serrent si fort que j'étouffe. Ils parlent tous en même temps, pour finalement tous dire la même chose : « Qu'est-ce qu'on est heureux de te revoir ! »

Moi aussi, je suis heureux, mais j'aimerais bien qu'on me lâche. Tous ces bras qui me serrent trop fort m'effraient, même si ce ne sont pas ceux d'Adam Geist. Quelqu'un s'exclame :

— Ça se fête, Sascha, ça se fête ! Aujourd'hui, tes désirs sont des ordres. Dis-nous ce que tu veux.

Ce que je veux ? Je voulais rentrer à la maison, et j'y suis. Quoi d'autre ? Je sais ce que je ne veux pas. Je ne veux pas penser à Adam Geist, qui tourbillonne dans mon esprit et le monopolise. Je l'entends crier :

— C'est comme ça que tu me remercies de t'avoir nourri, trouvé une télévision et appris à dessiner des dinosaures ? J'étais un bon copain, non ?

Au milieu de toute cette effervescence, je sens qu'on me regarde en se demandant ce qui m'est arrivé, ce que mon ravisseur m'a fait subir.

— Tu as envie de quelque chose en particulier ?

Oh que oui ! J'ai vécu trois mois dans la crasse, au milieu des rats et des détritus. À l'hôpital, le drap n'est pas resté blanc très longtemps. Je suis extrêmement sale, aussi bien à l'intérieur qu'à l'extérieur.

J'ai bien l'intention d'y remédier. La saleté doit disparaître, et tout de suite.

— Je veux prendre un bain !

Ma mère ne se le fait pas dire deux fois. Elle remplit la baignoire, verse quelques gouttes de bain moussant et m'y dépose. L'eau est chaude. J'avais oublié la sensation de l'eau chaude sur ma peau. Et le robinet, quelle invention géniale ! Il suffit de le tourner pour que ça coule. Tout le monde devrait en avoir un chez soi. Adam Geist aussi.

Mais il n'en a plus besoin, Sascha ! Adam Geist a été menotté et emmené. Il a disparu, tel un spectre. Oublie-le. Oublie Adi. Adi ? C'est qui, déjà ?

Jenny, en pleurs, passe la tête dans la salle de bains. Ses larmes, je ne les connais que trop bien. Elles sont plus sincères que le sourire de façade, qui peut apparaître sur commande. Jenny renifle, sanglote et parle. Elle est désolée, elle ne voulait pas qu'une telle chose arrive, elle n'aurait jamais dû me faire monter dans ce bus. Tout est sa faute.

Jenny !

Jenny !!

Tu n'as absolument rien à te reprocher. J'étais au mauvais endroit au mauvais moment, c'est tout. Ne pleure pas, Jenny. Arrête ! Mais Jenny ne m'entend pas, car je n'arrive pas à m'exprimer. Je me demande si les larmes de Jenny ne risquent pas de faire déborder la baignoire.

Voilà ce que je me demande.

Une fois seul, je retire le bouchon pour que l'eau, les larmes de Jenny et la saleté disparaissent. Surtout la saleté. C'est mon projet du jour. Après le bain, j'en serai débarrassé. Et je pourrai fêter mon retour avec les autres.

Je regarde l'eau s'écouler en un petit tourbillon. La canalisation émet un petit gargouillis. Seulement, l'eau a laissé une marque noire sur les parois de la baignoire. Une marque noir corbeau. Ce n'était pas prévu. La crasse n'est pas censée coller à la baignoire. Elle est censée disparaître. Je ne veux plus la voir. Or, qui me dit qu'elle ne va pas aussi rester collée à moi ?

Ma mère ouvre la porte et entre. Elle rit. Son rire, indéfinissable, est teinté de peur et d'angoisse.

— Oh là là, regarde-moi ça ! Tu ne t'es pas lavé depuis longtemps, on dirait !

Non, maman. Depuis très longtemps. Tellement longtemps que la crasse s'est incrustée en moi et qu'elle m'habite tout entier. Je ne suis pas sale, maman. Je suis la saleté.

Mais je ne peux pas abandonner. J'avais pour projet de nettoyer toute cette saleté grâce à un bon bain. Si je ne réussis pas à la première tentative, pourquoi ne pas réessayer ?

— Maman, je peux prendre un deuxième bain ?

Le médecin conseille à ma mère de suivre une cure. Me voilà rassuré, car qui dit cure dit guérison. Seul inconvénient, l'établissement thermal est à quarante kilomètres de Wiesbaden. Parfois, mon père et moi y allons en voiture. D'autres fois, je prends le bus. Dans ce cas, l'aller-retour prend quasiment la journée. Je m'en veux terriblement pour cette suspension de permis. Je m'en veux terriblement de ne pas avoir le courage de passer le test d'aptitude à la conduite, qui, d'après mes amis, est simple comme bonjour.

Ils en rient.

Moi, j'ai envie de pleurer. Je devrais déjà avoir récupéré mon permis. L'incident sur le rond-point remonte à longtemps. Mais j'ai peur de passer le test. J'ai la trouille, parce que ce n'est pas un simple examen de routine. Il doit déterminer si, oui ou non, je suis assez clean pour reprendre le volant.

Or, je ne suis pas clean. Je suis sale. De fait, j'en reviens toujours aux substances qui m'ont valu de perdre mon permis. Et c'est encore pire depuis que ma mère est malade.

Donc soit mon père conduit, soit je me rends au centre en bus. Mais je m'y plie, et tous les jours, car l'état de ma mère se dégrade à vue d'œil. Elle dit que je ne dois pas m'inquiéter, mais c'est plus facile à dire qu'à faire. Pour la rassurer, je prétends que je suis détendu et vante les mérites de la Suisse. On y serait si bien, mon père, elle et moi ! Les lacs, les montagnes, les randonnées... Il suffit qu'elle se rétablisse.

Or, ma mère ne se rétablit pas. Sa glycémie est au plus bas. Un jour, j'essaie de la forcer à boire du Coca-Cola par petites gorgées, mais elle refuse. Je l'encourage également à prendre des tablettes de glucose. Elle ne veut rien entendre.

— Allez, maman, prends-en. Ça te fera du bien.

J'insiste. Coca, glucose. Glucose, Coca. Sans succès. Ma mère ne veut pas. Ou ne peut pas.

Lorsque je la menace de partir, elle reprend des couleurs et ouvre la bouche. Je me dis qu'elle a enfin cédé. Au contraire, elle se met à crier.

— C'est ça, va-t'en ! Abandonne-moi ! C'est ce que tu veux, non ? Tu veux m'abandonner !

Elle n'ajoute pas : « Comme tu m'as abandonnée en 1986, lorsque tu as suivi l'inconnu. » Mais je l'entends.

Non, maman. Je ne l'ai pas suivi. Il m'a enlevé. Tu ne vois pas la différence ?

Sur ce, ma mère fond en larmes, et moi aussi.

— Je suis désolé. Je ne partirai pas d'ici. Je ne t'abandonnerai jamais.

Comme je ne veux pas rester seul dans ma chambre, je rejoins Jenny dans la sienne. J'aimerais lui dire que la saleté est toujours là, malgré le deuxième bain. Mais dès que j'ouvre la bouche, elle pleure sans plus s'arrêter.

Mieux vaut donc que je me taise. Jenny finit par s'endormir. De mon côté, je ne ferme pas l'œil de la nuit. Dans mon esprit, la chambre de Jenny laisse place à la caravane. Son lit, à celui d'Adam Geist. Dès que j'y pense, je me dis : « Non, non, non ! Oublie ! Tu es un petit homme ! Et les vrais petits hommes oublient ! » Je me concentre sur la respiration de Jenny. Elle est irrégulière, comme si on la forçait à traverser un champ enneigé...

Arrête avec ça ! Endors-toi ! Tout de suite !

Je n'y arrive pas. Ni cette nuit, ni les nombreuses qui vont suivre. J'ai peur de m'endormir et de me réveiller dans la caravane. J'ai peur de m'endormir et de me réveiller dans la caisse. J'ai peur de m'endormir et de me réveiller coincé dans la fissure. Je dois à tout prix éviter de m'endormir.

C'est peut-être à cause du manque de sommeil que je me souviens à peine des jours qui ont suivi.

Je n'en retiens que quelques images, comme des flashs. La famille. Les voisins. Les amis. La presse. Sascha au balcon. Sascha qui salue la foule. Sascha qu'on embrasse, qu'on câline, qu'on cajole, qu'on couvre de bisous.

Puis, Sascha qu'on interroge. Quelques jours ont passé lorsque ma mère me demande :

— Tu ne veux pas nous raconter ?

J'ai neuf ans. J'ai grandi, dans la caravane. Maintenant, je suis un vrai petit homme. Et en vrai petit homme, j'ai réfléchi. Je me suis absenté trois mois, je suis rentré, et mon entourage a une réaction extrême.

Je ne sais pas où j'ai appris ce mot et sa signification. Il est tout nouveau, mais il qualifie parfaitement tout ce qui se passe autour de moi : extrême.

Et cela me met mal à l'aise. J'aspire à la tranquillité, raison pour laquelle je réponds à ma mère :

— J'ai décidé de ne pas en parler.

L'expression sur son visage est, elle aussi, extrême. Elle m'insupporte.

— Tu l'as décidé ?

— Oui. C'est mieux pour vous.

Il a disparu pendant trois mois, et voilà qu'il s'inquiète de ce qui est mieux pour nous. Un vrai petit homme, n'est-ce pas ?

— C'est mieux pour nous ?

— Oui.

Ma mère se met à pleurer. Comme ça, d'un coup d'un seul. Ses larmes sont terrifiantes. Ses pleurs deviennent sanglots, et ses sanglots, suffocations. Un spectacle très, très extrême.

Je suis conforté dans ma décision. La réaction des autres sera extrême, si j'en parle, alors je dois me taire. Je garderai le secret jusqu'à la fin de mes jours.

Comme je ne peux pas partir, c'est ma mère qui s'en va. Ses reins cessent de fonctionner, puis son organisme tout entier. Je lui tiens la main. Un médecin a prévenu mon père, mais il arrive trop tard. Ma mère est déjà morte.

Peu avant Noël.

Les jours suivants, je suis en état de choc. Tout me paraît étouffé, la lumière, les sons, mes pensées. Le monde est assourdi et suffocant. Je passe le plus clair de mon temps sur le canapé, à regarder la télévision ou jouer à la console. Quand on me téléphone, je ne décroche pas. Quand on sonne à la porte, je n'ouvre pas. Je suis à court de cigarettes. Ça tombe mal, car j'en ai vraiment besoin, mais impossible de sortir de chez moi. Mon réfrigérateur est vide, mais peu importe, j'ai perdu l'appétit et me contente de l'eau du robinet.

Fabuleuse invention, le robinet. Il suffit de le tourner pour que ça coule.

Le téléphone sonne. Encore. Ça m'énerve, je devrais l'éteindre. Pourquoi se donner cette peine ? Je me demande si nous n'avons pas commis une erreur, dans la famille, en n'essayant pas de mieux communiquer.

Je me demande pourquoi on s'en rend toujours compte quand il est trop tard.

J'éteins la télévision. Je ne me traîne pas jusqu'à mon lit, je me contente du canapé. On sonne à la porte. Je ferme les yeux. Je me revois à l'hôpital en train de tenir la main de ma mère. À la fin, plus personne ne pleurait. À la fin, plus personne ne parlait. À la fin, tout n'était plus qu'amour.

C'est tout ce qui compte.

Je passe la deuxième nuit dans le lit de mes parents. Lorsqu'ils sont sur le point de s'endormir, je leur dis :

— Vous n'avez pas le droit, vous n'avez pas le droit.

Aucun de nous trois ne ferme l'œil. Puis tout le monde se lève pour prendre le petit déjeuner. Miam, des corn flakes. Je n'en ai pas mangé depuis tellement longtemps, je me régale ! Mais alors que mes parents me parlent, c'est la voix d'Adam Geist que j'entends. Il m'implore. Il dit qu'il n'aurait jamais pu me servir des céréales, à moins de les voler.

— Tu as bien volé tout le reste, réponds-je tout haut.

— Qu'est-ce que tu dis, mon chéri ? demande ma mère.

Je lui souris. Bon sang, petit homme, reprends-toi. Tu es en train de te trahir.

Dans l'après-midi, nous recevons la visite des policiers. Ils me posent des questions, m'encouragent à dire la vérité. Je risque de ne pas pouvoir tout garder pour moi, s'ils continuent à insister. Un faux témoignage risque de m'envoyer en prison, ou pire, chez Adam Geist.

Je leur explique que je n'ai pas remarqué l'homme jusqu'à ce qu'il me passe le bras autour du cou et m'entraîne vers les fourrés, juste en bas de l'immeuble. Que j'avais trop peur pour crier. Et qu'ensuite, il m'a violé environ une fois par semaine.

Oui, je l'ai dit, puisqu'on m'a encouragé à dire la vérité. Et puis, je suis un vrai petit homme, et personne n'était là pour vérifier. « Environ une fois par semaine » devrait suffire, non ? Ça sonne beaucoup mieux que « dès qu'il en avait envie ».

Papa, maman, je suis désolé. Vous en savez plus que ce que je comptais raconter. Nous y sommes, dans l'extrême. Mais il fallait que je le dise. Pour ne pas aller en prison. Pour ne pas être rendu à Adam Geist.

Lu et approuvé. Sascha Buzmann.

Heureusement, mes sœurs prennent les choses en main et organisent les obsèques, ce dont je leur suis reconnaissant. Le jour de l'enterrement, un vent frais souffle sur le massif du Taunus. Au cimetière, le prêtre dit que ma mère s'en est allée vers un monde meilleur. Il a raison, car ce monde-ci est dangereux. Et j'en sais quelque chose.

Ensuite, nous passons un peu de temps en famille. C'est toujours avec plaisir que je vois mon frère et mes sœurs. Je préfère leur compagnie à la solitude de mon appartement. Mais vient le moment où je dois rentrer chez moi. Que faire, à présent ? Retourner en Suisse ? En cette période de fêtes, l'activité est au point mort, et tourner en rond là-bas est la dernière chose dont j'aie besoin. D'abord, je vais nettoyer et ranger. Bien que ce ne soit pas la saison, je me lance dans un grand ménage de printemps. Il a le mérite de me changer les idées, et toute distraction est la bienvenue. En nettoyant les plaques de cuisson, je me dis que je pourrais consulter mes archives. En sortant les poubelles, je me dis que je n'ai pas écrit depuis longtemps. En passant la serpillière, je me dis que c'est le moment ou jamais.

Un ménage de printemps a toujours du bon, même quand il a lieu en hiver. Lorsque j'ai terminé, je m'assieds à mon bureau. Je me sens assez solide pour retourner dans le passé. Un passé qui est toujours d'actualité. J'allume l'ordinateur et je me lance.

Deux semaines après mon retour, alors que je n'ai pas encore réussi à franchir le seuil de l'appartement, je reçois une invitation de la part de l'école américaine : « Cher Sascha, Nous serions très heureux que tu viennes nous rendre visite. » Sous ces quelques mots, des signatures de toutes les couleurs.

— Alors, Sascha, tu veux y aller ? demande mon père. Les Américains ont participé aux recherches.

Je le regarde. C'est la première fois que nous parlons de « l'affaire ». Mes parents se comportent comme si je n'avais jamais disparu. Or, si je n'avais jamais disparu, les élèves de l'école ne m'inviteraient pas. C'est une école américaine, et mon père vient de dire que les Américains avaient participé aux recherches. Il ajoute que de nombreux articles ont été publiés aux États-Unis. Quant aux élèves de l'école, ils ont prié pour moi et aimeraient me rencontrer.

— Et si on les recevait ici ?

Mon père éclate de rire.

— Ils sont deux cents ! Tout le monde ne rentrera pas dans l'appartement.

Effectivement. Moi aussi, j'aimerais bien rencontrer les élèves américains. Mais, pour cela, il faudrait que je sorte de chez moi. Peut-être que ce ne sera pas si difficile? Mes parents seront là, il ne pourra rien m'arriver. Si Adam Geist rapplique, mon père le tabassera. Oui, tout à coup, j'ai très envie de sortir.

Mon père est content que j'accepte. L'après-midi suivant, nous montons tous les trois en voiture. Devant la caserne, un soldat indique à mon père la direction à prendre. Lorsque nous nous garons devant l'école, quelques professeurs sont là pour nous accueillir. Ils sont tous très gentils avec moi. L'un d'eux, qui enseigne la biologie, me propose d'assister à son cours. Ses élèves sont en train de réaliser des expériences amusantes. J'accepte. Ensemble, nous essayons de faire tenir le maximum de trombones sur un aimant sans qu'ils tombent. Chacun tient l'aimant à tour de rôle. Les élèves rient et ne me dévisagent pas outre mesure, je suis soulagé. À la fin du cours, ils m'offrent un carnet à spirale dans lequel ils ont tous écrit un mot. Puis, le professeur annonce que du café et des gâteaux nous attendent à l'extérieur. L'occasion d'apprendre mes premiers mots d'anglais, *« coffee »*, *« cake »* et *« I want a cake »*.

— *I want a cake, I want a cake.*

Tout le monde rit.

L'école donne sur un grand pré où des enfants se lancent un drôle de ballon marron en forme d'œuf. Un garçon arrive en courant et me propose de jouer avec le reste du groupe au football américain. Il m'expliquera les règles. J'accepte. Très vite, nous courons dans le pré après le ballon. C'est super ! Je ne veux surtout pas m'arrêter, j'avais complètement oublié qu'on pouvait s'amuser autant ! Je cours le plus vite possible, en avant, en arrière, à gauche, à droite, en cercle. Dès que le ballon arrive vers moi, je m'en empare !

L'après-midi touche à sa fin. Les élèves se réunissent et m'offrent un ballon de football américain flambant neuf. Lorsque mes parents et moi repartons en voiture, je salue tout le monde de la main. J'ai le carnet, j'ai le ballon, et j'ai réappris à m'amuser. J'ai beaucoup ri.

Que demander de plus ?

Arrivent Noël, puis la Saint-Sylvestre. Les archives s'entassent devant moi. Ici, un carton, là, un deuxième, entre les deux, des coupures de presse et des vidéocassettes, dont l'enregistrement du documentaire, diffusé récemment. Certains événements me sont revenus distinctement en mémoire, d'autres restent flous. J'en parle à l'écrivain. Il me donne des astuces, des conseils. Surtout, il me rappelle que réveiller des souvenirs est une chose, mais que les supporter en est une autre. D'où l'importance de l'écriture, qui permet une mise à distance.

Dehors, les gens fêtent la nouvelle année devant un feu d'artifice. Moi, j'écris : « C'est étrange. Les fourrés en bas de l'immeuble, là où Adam Geist m'a agressé… Je n'en avais pas peur. »

Maintenant que j'ai goûté à la liberté en compagnie des enfants américains, j'en veux encore plus. Je veux retrouver mon univers d'enfant, les jeux en plein air, l'insouciance. Mais alors que je m'apprête à franchir le seuil, maman me dit :

— Ce n'est pas possible.

Pourquoi ?

Parce que, parce que, parce que. Elle a un millier d'arguments pour me convaincre de ne pas quitter l'appartement. Si je dois impérativement sortir, ce sera avec un accompagnateur : elle, mon père ou Jenny. Or, Jenny n'est pas là, mon père travaille et ma mère est occupée. Je tourne en rond dans l'appartement, ce qui revient à peu près au même que tourner en rond dans la caravane. Mes jambes ont la bougeotte ! Mes pieds aimeraient bien taper dans un ballon !

— Non, dit ma mère. Encore un peu de patience.

Au lieu de m'amuser, je dois consulter le médecin et ses drôles de taches. Je n'en ai aucune envie, j'y vais à reculons. Je ne comprends pas ce qu'il attend de moi. Laissez-moi tranquille, vous et vos taches ! Sur le chemin du retour, mon père me dit gentiment que je devrais au moins essayer de répondre au psychiatre, que cela m'aiderait à me sentir mieux. Mais je ne comprends pas ce qu'il me veut, papa ! Je préférerais jouer au football dehors.

Ma mère répète que c'est impossible. Absolument impossible.

Ma mère a peur. Une vraie poule mouillée ! Comme je ne peux pas sortir, on m'offre des cadeaux. Mais je reste à la fenêtre et regarde dehors avec envie. Le soleil brille. Mes amis jouent en bas. Mes amis d'avant. Lorsque je demande la permission de les rejoindre, ma mère me dit d'attendre encore un peu, le temps que les choses se tassent.

Je ne veux plus attendre. Je me mets en colère.

— Je vais devoir rester enfermé toute ma vie ?

Mon frère passe à la maison pour tenter de la raisonner, puis mes sœurs prennent le relais.

— Ça ne peut pas continuer. Il faudra bien que Sascha ressorte un jour.

Ma mère reconnaît qu'elle a du mal à lâcher prise, mais comment lui en vouloir ? Elle sait que les autres ont raison et m'autorise à aller jouer dehors. Mais, maintenant, c'est moi qui doute. Et si mes amis me posent des questions ? S'ils veulent savoir ? Bon sang, je n'y avais pas pensé ! J'ai honte à l'idée qu'ils puissent être au courant. Ma mère sent que j'hésite.

— Que se passe-t-il, Sascha ? Tu ne veux plus ?

Si, je veux sortir. Non, je ne veux plus ! Si ! Non ! Finalement, ce sont mes jambes qui décident. Elles ont besoin d'exercice. Seul sur le palier, je referme la porte de l'appartement derrière moi. Seul, je descends les marches. Seul, je sors de l'immeuble. Même si j'ai fait ces gestes des milliers de fois, aujourd'hui, c'est une première. Une fois sur le trottoir, je me retourne et lève la tête vers l'immeuble. Ma mère est au balcon. J'avance de quelques pas. Encore un peu. Encore un peu. J'arrive à l'endroit où Adam Geist m'a agressé. Et je ne pense à rien. Je n'ai pas peur. Je continue à marcher, puis j'aperçois Thorsten. Lui aussi me voit et court vers moi, tout sourires.

— On joue aux gendarmes et aux voleurs ! Allez, viens ! On a besoin de toi !

Mes jambes se mettent à courir, plus rapides que jamais. Ma mère porte la main à sa bouche, lorsque je disparais de son champ de vision.

Mes amis, contrairement à mes parents, parlent sans détour.

— Allez, raconte !

Je ne peux pas. J'ai trop honte. Comme je ne dis rien, ils passent à autre chose. Ils me proposent de jouer au football, aux cow-boys et aux Indiens, ou près de la rivière. Mais attention, notre bande rivale traîne de plus en plus par là-bas.

Sur ce, Martin arrive.

— Ma mère m'a interdit de jouer avec toi, parce que tu es infréquentable, dit-il en me faisant un pied de nez.

Les autres guettent ma réaction. Je ne connais pas le mot « infréquentable », mais je devine vaguement ce qu'il veut dire. J'aimerais savoir comment la mère de Martin peut être au courant, alors que je n'en ai parlé qu'à la police. A-t-elle eu accès à la déposition lue et approuvée par Sascha Buzmann ? Tout se bouscule dans ma tête. Oui, les policiers ont fait lire ma déposition à la mère de Martin. Et pas qu'à elle. L'effroi m'envahit. Je suis tétanisé, je ne réagis pas, alors que tout le monde me regarde. Thorsten finit par avancer vers Martin.

— T'es vraiment qu'un sac à merde, lui dit-il.

Mes amis éclatent de rire. C'est toujours Thorsten qui connaît les meilleures insultes. Il se jette sur Martin. Tous deux roulent à terre. Tout le monde encourage Thorsten et scande : « Sac à merde ! Sac à merde ! »

Tout le monde, sauf moi. Je reste à l'écart. Je me sens étranger au groupe, alors même qu'on est en train de me défendre. C'est peut-être ce qu'a voulu dire la mère de Martin par « infréquentable ».

Pourtant, je joue, je cours, je crie comme les autres.

Je me sens différent. Je réfléchis trop. J'anticipe sans cesse. J'envisage tous les scénarios possibles et imaginables. Que va-t-il se passer si je… Ou si je ne… À moins que…

Mon retour à l'école risque de ne rien arranger. Comme je redouble, je ne connais personne dans ma nouvelle classe. Là aussi, il y a d'autres enfants. Quelles questions vont-ils me poser ? Que vont-ils chercher à savoir ? Leurs mères ont-elles lu ma déposition ? Leur ont-elles dit que j'étais infréquentable ? Plus je réfléchis, plus je me mure dans le silence.

Je surprends une conversation entre mes parents. Ma mère dit à mon père qu'elle me trouve trop silencieux, puis fond en larmes. Je comprends : je dois parler davantage, si je ne veux pas qu'elle soit triste. Mais mes efforts ne paient pas.

Arrive le grand jour, le début d'une nouvelle année scolaire. Dans la salle de classe, l'excitation est à son comble. J'aperçois Nicole. Malheureusement, la place à côté d'elle est déjà prise. L'institutrice me fait signe d'avancer. Elle veut que je m'asseye au premier rang, alors que je donnerais tout pour devenir invisible. Je sens les regards dans mon dos.

— C'est le garçon qui a été enlevé ! s'écrie un élève.

Je me sens sale. Je me sens humilié. Je me sens extrême.

Bien que je redouble, je compte toujours parmi les plus petits. Je me considère comme un nain. Mais qu'est-ce que je cours vite ! Qu'est-ce que je saute loin ! Un mois après mon retour a lieu le tournoi interscolaire, avec son épreuve reine, le cinquante mètres. Je suis rapide comme l'éclair. Je cours plus vite que mon ombre. Le lendemain, le résultat figure sur le tableau noir dans l'entrée de l'école.

Première place : Sascha Buzmann.

Je n'arrive pas à le croire. Je suis le meilleur ? Personne ne m'a battu ? Mes nouveaux camarades de classe forment un cercle autour de moi. Ils me portent en triomphe. Ils crient de joie. Ils sont fiers de me connaître.

Je suis populaire.

Je continue à jouer au football. J'apprends également le judo et le ping-pong. À la maison, la vie continue. Excepté les cadeaux qu'on m'offre et les desserts que mes parents gardent au réfrigérateur rien que pour moi, tout redevient comme avant. J'arrive à dormir. Je pense de moins en moins à la caravane. À Adam Geist. Et à ce qu'il m'a fait subir.

Les années passent. Je cours toujours aussi vite. Je suis un crack en sport. Je remporte des trophées de ping-pong. Puis, les choses changent. Lentement, presque imperceptiblement. Pour commencer, le monde me paraît un peu plus gris et froid chaque jour. Je me mets à fumer. Je prépare ma confirmation. Au catéchisme, on nous demande de choisir un extrait de la Bible à lire lors de la célébration. Pour ma part, je sais depuis longtemps que ce sera le psaume vingt-trois. Dans l'église, l'émotion est au rendez-vous. Je suis le dernier à me présenter devant le micro.

— « Quand je marche dans la vallée de l'ombre de la mort, je ne crains aucun mal, car tu es avec moi : ta houlette et ton bâton me rassurent. »

L'assemblée me regarde fixement. Le prêtre se tourne vers moi, lui aussi. Par deux fois, il m'a demandé si j'étais sûr de vouloir lire ce psaume. Par deux fois, j'ai répondu oui. Celui-ci, et pas un autre. Suis-je en train de marcher dans la vallée de l'ombre de la mort ? Depuis un certain temps, oui, j'en ai l'impression.

Puis j'entre dans ma seizième année. Avec mes nouvelles fréquentations, je traîne dans ce no man's land de béton, de bitume et de grisaille entre Francfort, Mayence et Wiesbaden. Mes jambes ne courent plus, je passe le plus clair de mon temps à errer entre les barres d'immeubles. Je vis comme si j'attendais un bus qui n'arrivera jamais.

C'est ce que je dis à mon copain Björn.

— Ce qu'il peut faire gris et froid, ici. Quelle vie de merde…

La suite, je l'ai déjà racontée.

Le 9 janvier 2012, difficile de se croire en hiver, entre la petite brise qui secoue les branches, l'absence de neige et le soleil qui brille. Ce n'est pas un jour pour enlever un enfant, mais pour clore un chapitre. Aujourd'hui, j'arrête tout. Vingt-six ans après l'enlèvement, un livre va bientôt être publié. Voici les dernières notes que j'ai prises : « Une question reste en suspens. Que dirais-je à Adam Geist, si j'étais amené à le revoir ? Rien, peut-être. Si, je pourrais lui parler. J'aurais des questions à lui poser. "Pourquoi n'as-tu jamais réfléchi à ce que tu m'as fait subir ? Pourquoi as-tu récidivé, à ta sortie de prison ?" Adam Geist ne saurait certainement pas quoi répondre. Il se mettrait sans doute à pleurer. Comme dans la caravane, le jour où j'ai dit qu'il semblait avoir des soucis. »

Cette rencontre n'aura jamais lieu. J'ignore où Adam Geist purge sa deuxième peine, et je ne tiens pas à le savoir.

Je suis sûr d'une chose : en ce 9 janvier 2012, je regagne la surface.

Quelques heures plus tard, je monte dans le train. Je regarde défiler un magnifique paysage de vignobles, la Forêt-Noire au loin. Au milieu des nuages cotonneux qui se détachent sur le bleu du ciel, un visage apparaît. C'est celui d'un petit garçon triste, fatigué, perturbé, innocent. Il ouvre la bouche, comme pour demander : « C'est bien, comme ça ? Je ne veux surtout pas me tromper car, d'où je viens, la moindre erreur peut me coûter la vie. » Non, il dit autre chose. « Bonjour, Sascha. Je sais qu'à cause de moi, tu t'es forcé à faire certaines choses. Je sais que tu as voulu m'oublier. Je suis content que tu te souviennes quand même de moi et que tu ne m'en veuilles pas d'avoir été aussi sale, à l'époque. Je crois que nous nous y sommes bien pris. Car il a fallu survivre, d'abord quatre-vingt-six jours, puis les vingt-cinq années qui ont suivi. Maintenant, nous pouvons vivre en paix. Sache que je suis ton ami. Je l'étais à l'époque, et je le resterai. »

Le petit garçon semble toujours triste, fatigué, perturbé et innocent. Mais un petit sourire se dessine sur ses lèvres.

— Moi aussi, je suis ton ami.

En disant cela, je m'adresse aux vignes, à la Forêt-Noire, aux nuages cotonneux qui se détachent sur le bleu du ciel.

— Je suis ton ami ! dis-je pour finir au petit garçon que je suis le seul à voir.

Le train franchit le Rhin. Il passe la frontière. Me voilà en Suisse, où une nouvelle vie m'attend.

Composition :
Soft Office – 5, rue Irène Joliot-Curie – 38320 Eybens

Achevé d'imprimer par N.I.I.A.G.
en novembre 2014
pour le compte de France Loisirs, Paris

Numéro d'éditeur : 79428
Dépôt légal : décembre 2014
Imprimé en Italie